Björn Kern

Das erotische Talent meines Vaters

Björn Kern

Das erotische Talent meines Vaters

Roman

C. H. Beck

Für P.

Gesetzt aus der Giovanni Book bei Fotosatz Amann
Druck und Bindung: Pustet, Regensburg
Gedruckt auf säurefreiem, alterungsbeständigem Papier
(hergestellt aus chlorfrei gebleichtem Zellstoff)
ISBN [illegible]

www.beck.de

Er holte mich nicht ab.

Er hatte mich auch im letzten Jahr nicht abgeholt, wohl aber zwei Jahre zuvor, und ich hatte eine Gesetzmäßigkeit darin erkennen wollen und durch die verdreckte Plexiglasscheibe der Zugtür nach seinen schwarzen Locken gespäht, aber der Bahnsteig blieb menschenleer.

Ich nahm an, dass er noch Kartoffeln halbierte und auf dem Backblech auslegte oder über der Vorbereitung des Rotweins die Zeit vergessen hatte, ein Wein musste atmen, ein Wein musste zur Ruhe kommen, ein Wein musste dekantiert und geschwenkt werden, ich nahm an, dass er bereits den Feldweg entlanglief, die Schürze um den Leib gebunden.

Als ich die Trittstufe hinunterstieg, empfing mich warme, stehende Luft, mit dem Geruch nach Schotter und Flieder. Statt der Leitrillen für Blinde zog sich noch immer eine weiße Linie die Bahnsteigkante entlang, wie man es allenfalls weiter im Osten erwartet hätte, auf dem Gleis wehte ein zerschlissenes Stück Stoff dem Zug hinterher und sank bald zurück auf die Schienen.

Ich kletterte ins Gleisbett hinab, der Rucksack stauchte meine Wirbelsäule zusammen, mein Besuch würde größere Opfer fordern, die Schienen vibrierten noch schwach.

Auf der Verladerampe tranken Jugendliche still ihre zuckrigen Schnäpse; die Spedition war längst pleite, in dem Backsteinblock öffnete mal ein Sonnenstudio, schloss mal ein Nachtclub, meist stand er leer.

Es war deutlich wärmer als in Berlin. Wo der Rucksack mein Hemd auf die Haut presste, begann ich zu schwitzen. Endlich fand ich die Lücke in der Fliederhecke und zwängte mich hindurch, einer der Jugendlichen warf mir einen Kieselstein hinterher, der mehrere Meter entfernt in die Hecke flog, es folgte nicht einmal Gelächter.

Die Straße führte in starkem Gefälle zum See hinab, der so sauber und glatt in den Obstwiesen lag, dass ich mich umgehend schmutzig fühlte. Die Last meines Gepäcks schmerzte in den Knien. Leichter Holzrauch lag in der Luft, durchzogen von Seeböen, die mir den schweren Geruch der Heimflure aus den Lungen bliesen.

Er lief nicht das Feld entlang und nicht den Weinberg hinauf, Ähren und Reben lagen verlassen im Nachmittagslicht. Die Gerste wuchs satt, der Riesling aber war erneut befallen, ölige Löcher hatten sich in die Blätter gefressen, Grauschimmel überzog fast jeden Stamm. Unwahrscheinlich, dass die Genossenschaft nicht erlaubt hatte zu spritzen, auch für diesen Jahrgang waren die Trauben verloren.

Ich ließ den Weinberg hinter mir und bog in den Feldweg ein. Über dem Betonquader, den wir noch immer als Villa bezeichneten, kreiste ein Bussard in der Thermik, es ging auf fünf Uhr zu, und die Luft über dem Uferstreifen begann zu tragen. Ich stieg weiter bergab. Bald erreichte ich das Eisentor und stellte meinen Rucksack in den Kies, das Tor war geschlossen, die Villa selbst nicht zu sehen von hier, nur die großen, weißfleckigen Stämme der Platanen.

Auf dem Nachbargrundstück schlug kraftlos der Rüde an, dann hörte ich nichts mehr, dann landete ein Kastanienblatt mit einem trockenen Rascheln im Kies.

Auf dem Eisentor thronten zwei gusseiserne Greifvögel, die ihr erstarrtes Gefieder spreizten und jeden Eindringling unbesehen anfauchten. Sie waren so meisterhaft gegossen, dass sie auch die Haube eines Bentleys geschmückt hätten, zwischen ihnen aber saß ein blechernes und schlecht lackiertes Seepferdchen, das den Vögeln ihre hochmütige Würde nahm.

Die Raubvögel schienen auf ein prächtiges Anwesen zu verweisen, zumindest aber auf ein verstecktes Kleinod, während das nachträglich aufgelötete Seepferdchen schon eher verriet, was einen hinter dem Tor tatsächlich erwartete. Ich wollte den rechten Flügel aufstoßen, eine Eisenkette spannte sich, allenfalls eine Katze hatte nun Platz zu passieren. Die Kette wirkte lächerlich schmal und doch ließ sie sich ohne Schlüssel nicht abnehmen.

Schloss er sich ein oder schloss er mich aus?

Links ging das Tor in einen Hartmaschenzaun über, rechts aber wucherte nur loses Brombeergestrüpp, einige Ranken waren bereits abgeknickt, selbst mit dem Rucksack kam ich problemlos am Torpfosten vorbei. Im Park hatten wieder Wildschweine die Krume durchpflügt, dicke Wurzelstränge ragten aus der aufgeworfenen Erde. Die Fassade der Villa war knöchelhoch mit Moos bewachsen, weiter oben hatte sich eine Mauerflechte ausgebreitet, der Beton schien an manchen Stellen fast schwarz. Neben dem Eingang stand der Citroën im Carport, der Motor knisterte noch.

Ich stieg die beiden Stufen zum Foyer hinauf und wollte

gerade klingeln, als sich die Haustür öffnete, erst nach einem zweiten Blick war ich mir sicher, nicht vor einem Tier, sondern vor meinem Vater zu stehen, nur langsam beruhigte sich mein Puls.

«Stehst du da schon die ganze Zeit?»

«Ach, hallo», sagte er.

Es war nicht klar, ob er mich gleich erkannte; er wirkte nüchtern, vielleicht wusste er seine Trunkenheit zu verbergen. Er ging nicht auf mich zu, er winkte mich nicht herein, er schien abzuwägen, ob er dem Menschen vor seiner Tür trauen sollte, im Foyer schaltete sich das Licht aus; ich sah ihn nur noch als Schatten. Umso deutlicher erreichte mich sein Mentholparfüm, das angeblich den Kreislauf ankurbelte und vage an Lösungsmittel erinnerte, er gab eine Summe dafür aus, die dem Drittel meiner Monatsmiete entsprach.

«Hab ich die Kette vergessen?»

Er schob mich zur Seite, lief zum Tor und justierte die Eisenkette, ich warf den Rucksack ins Haus, streckte meinen verspannten Rücken, in Gedanken bereits auf der Fahrt zurück nach Berlin. Wenig später schnellte er mit einem Satz die beiden Stufen zu mir herauf und fiel mir um den Hals.

«Mensch, Mensch, Mensch, schön dich zu sehen!»

«Hallo Jakob.»

Er zerrte mich in die Villa, hinter uns sog der mechanische Türschließer die Eisentür in den Rahmen, Jakob schloss ab. Der Salon lag im Halbdunkel, ein quadratisches Zimmer mit tiefen Decken, das eher einer Abstellkammer glich; Jakob hatte kein Abendessen, wohl aber Crémant gerichtet, den er nun zur Hälfte auf zwei Biergläser verteilte, wir stießen an. Ich wusste, dass er nicht nach meiner Fahrt fragen würde, dass ihn mein *Leben da oben* kaum und meine Arbeit mit *den Wunderlichen* schon gar nicht interessierte, ich kippte ein halbes Glas auf Ex, nun kam er mir vor wie mein Vater.

«Wo warst du?»

«Kleine Spritztour.»

«Und danach schließt du dich ein?»

Er senkte den lockigen Kopf, sah mich von unten an, wie über den Rand einer dicken Brille hinweg, seine Handgelenke ragten aus den heruntergerutschten Anzugärmeln hervor, nach einigen unverständlichen Silben musste er sich räuspern, er begann noch einmal von vorn.

«Ich werde verfolgt!»

Er untersuchte mein Gesicht auf einen Anflug von Interesse, ich war müde, mein Rücken schmerzte, ich tat ihm den Gefallen, fragte nach.

Diesmal erfolgte die Antwort prompt.

«Von der Damenwelt –»

Seine Stimme war rau, noch tiefer als sonst, als wolle er nicht so sehr vor der Damenwelt warnen, sondern die Damenwelt vielmehr beeindrucken. Seit er die Sechzig überschritten hatte, schien sein Alterungsprozess zu stagnieren, und seit meinem vorletzten Besuch wirkte er, als würde er gar wieder jünger werden. Auch dieses Jahr bildete ich mir ein, noch mehr Locken auf seinem Kopf ausmachen zu können, noch größere Spannkraft in seinen Muskeln und Sehnen. Ich wusste, dass er mit dem Einer trainierte, ich wusste, dass er sich gesund ernährte, aber ich wusste nicht, ob das alles war.

«Nimmst du eigentlich was?»

Ich griff ihm ins Haar.

«Ich, ach was – noch einen Schluck?»

Er goss sein Glas randvoll, bis erste, schäumende Bläschen die Glaswand hinab auf die Terrakottafliesen tropften.

«Prost!»

«Kannst du nicht endlich mal Licht anmachen?»

Hinter den lichtfeindlichen Bullaugen, die er nicht müde wurde, *Panoramafenster* zu nennen, war der Frühsommer nur noch zu vermuten, draußen auf der Terrasse, draußen im Park. Die Energiesparbirne in der Tiffanylampe kam widerwillig auf Touren, bald erkannte ich die honiggelbe Maserung im sonst schwarzen Ebenholz des Esstischs, die Fischgratbindung von Jakobs Anzug und das gespannte Lächeln in seinem Gesicht.

Er beobachtete, wie sein Crémant im Bierglas perlte, als hätten wir uns seit mehreren Stunden ausgesprochen, als wäre die Stille zwischen uns durch vorangegangene Nähe legitimiert, als genieße er nun seine wohlverdiente Ruhe.

Ich musste lachen.

«Also gut, also gut: erzähl!»

«Vor allem Alma», begann er. «Du kennst doch Alma?»

«Du hast sie mir letztes Jahr vorgestellt. Wir waren sogar bei ihr im Turm.»

«Aber auch Karen. Also, eigentlich alle.»

Er knetete seine Finger, schüttelte die letzten Tropfen Crémant aus der umgedrehten Flasche in unsere Gläser und auch ein paar dazwischen, strich sein Jackett glatt, auf dem nicht einmal eine Miniaturfalte zu sehen war, er striegelte sein Haar mit den Händen, und dann rückte er endlich damit heraus, dass die Damen Angelhaken nach ihm auswürfen, dass sie ihn zu sich zerrten, dass er Angst habe, zappelnd zu ersticken; er rückte damit heraus, dass die

Damen ihn mit Kuchen überhäuften, um ihn satt und träge zu machen, in der Hoffnung, dass er sich schmatzend ergebe. Er fühle sich wie einer dieser neumodischen Popstars, die auf der Bühne mit Unterwäsche beworfen würden, vor einigen Tagen habe er die Kette angebracht, seitdem hätten sie es hoffentlich kapiert.

Jakob war bekannt für die brachiale Lösung filigraner Probleme, dennoch glaubte ich ihm kein Wort.

«Was für neumodische Popstars?»

«Na, du weißt schon», sagte er und nannte eine Band, deren Namen ich von der Rückseite eines seiner Flower-Power-Sampler kannte, ich glaube, es war der des Jahres 1972, wenige Jahre später brach die Sammlung dann ab.

«Und du? Willst du die Damen denn nicht?»

«Ich hab einmal im Leben geheiratet, das reicht.»

«Wer spricht denn von heiraten?»

Iris hatte ihm lange Jahre bewiesen, dass zwischen Heiraten und Singledasein ein breites Spektrum an amourösen Spielarten lag, das es virtuos auszuleben galt. Sie kannte sich aus mit den Sammlern und auch mit den Amateuren, die auf ihren Kunstflohmärkten eintrafen, wenn sie selbst bereits wieder aufgebrochen war, und die auch sonst ein schlechtes Timing besaßen. Es hatte Zeiten gegeben, zu denen jede Woche ein neues Blumenbouquet in der Villa aufgetaucht war oder ein handversiegelter Briefumschlag; inzwischen war sie nach Hamburg *durchgestartet*, was aus der Perspektive des südlichen Landstrichs, in dem Jakob noch immer lebte, einem Verrat gleichkam.

«Ich werd doch nicht wie deine Mutter!»

Er verschränkte die Arme vor der Brust und stülpte die Lippen vor, als wolle er auf einer Theaterbühne noch den hintersten Reihen verdeutlichen, dass er verletzt war und schmollte. Ich dachte an seine Begrüßung, an sein Mentholparfüm, das wohl doch eine leichte Alkoholfahne kaschierte, ich dachte an ihn in dem verfallenden Haus.

«Eine Frau würd dir vielleicht langsam auch mal –»

«Ist sie immer noch bei den Muselmanen?»

Ich schüttelte den Kopf.

«Komm schon, mit dem Klempner?»

«Sie ist wieder in Deutschland. Und der Klempner war diesmal nicht dabei.»

Er tätschelte meine Schultern, eher schwerfällig als grob, ich kämpfte gegen ein Kitzeln im Nacken oder auch nur mit dem Gleichgewicht, entwand mich ihm und setzte mich an den Ebenholztisch.

Er blieb stehen.

«Zwei Jahre hatte ich Ruhe», lamentierte er nach einer Weile, «zwei Jahre konnte ich die Tür öffnen, hinter der immer nur der Postbote stand oder an schlechten Tagen die Zeugen Jehovas, ich konnte ans Telefon gehen, ohne Vorwürfe zu hören und trösten zu müssen und Verständnis zu zeigen, zwei Jahre Ruhe, und jetzt das!»

Er setzte sich an den Tisch und nickte mir zu, ich wusste nicht, ob er das als Aufforderung verstand, bis ich begriff, dass sein Nicken weniger mir als seinem Leben, seiner Vergangenheit oder auch seiner Damenwelt galt, die er vor seinem inneren Auge ergriffen zu betrachten schien.

«Dann bist du also auch durch diese Lücke im Zaun geschlüpft», sagte er in einem Ton, als sei er nach schwieriger Analyse endlich zu einem Ergebnis gelangt, «da müssen wir was tun!»

Er verließ den Salon, hantierte lautstark in der Besenkammer und kam mit der schweren Werkzeugkiste aus metallblauem Falzblech zurück, die mir Iris vor einigen Jahren in der Hoffnung geschenkt hatte, ich würde damit ein ebenso prächtiges Bild abgeben wie ihr damaliger Kunsthandwerker, dem sie einige Wochen die Schraubenschlüssel gereicht und den Engländer gehalten hatte.

Nach zehn Stunden in Zügen und Bussen wollte ich mich einfach nur hinlegen, es war keine Frage, dass ich Jakob in den Park folgte und ihm dabei half, die Lücke zwischen Eisentor und Brombeerbusch mit Blumendraht zu verschließen. Jakob war eine Handbreit größer als ich, knotete auf Brusthöhe ein Drahtende ans Tor, rollte einen langen Strang ab, wickelte ihn am anderen Ende um eine Astgabel und wieder zurück um den Torpfosten, bis mehrere Lagen Blumendraht die Lücke weniger verschlossen als verzierten. Meine Hilfe beschränkte sich darauf, das überstehende Ende abzuzwacken und das Ergebnis auf Nachfrage als *hilfreiche Stolperfalle* abzunicken, auch wenn man eher Gefahr lief, sich mit dem Draht zu erwürgen, als darüber zu stolpern, gebückt konnte man weiterhin passieren.

«Philip, das haben wir gut gemacht!»

«Jetzt kehrt hier endlich wieder Ruhe ein», bekräftigte ich. Mein Magen war leer.

Am Abend brachte der Dottore eine durchsichtige Tüte voll roher Organe, um für sich und meinen Vater Spanische Nieren zu braten. «Ich wusste gar nicht, dass du hier bist, Philip, macht aber immer noch zwei Testikelchen für jeden!» Neben Spanischen Nieren zählten Ochsenzungensuppe und gebratene Froschschenkel zu Dottos Leibspeisen, die allesamt in Olivenöl geschwenkt und mit Knoblauch durchsetzt zu sein hatten, er nannte das: «Meine Kleinen Schweinereien.»

Dotto aß das fragwürdige Stück Rind, bei dem es sich keinesfalls um eine Niere handelte, nicht in derselben Absicht, in der andere Männer Ginsengwurzel, Nashornhorn oder Walfischmehl zu sich nehmen, wobei ich bis heute bezweifle, dass aus Walfischen Mehl werden kann, er aß das Stück einfach als mediterrane Spezialität: «Am Mittelmeer essen das alle.»

Der Dottore behauptete gern, keine Heimat zu haben, Weltbürger zu sein, mit kultureller Verwurzelung im Mittelmeerraum, er sagte das wirklich so: «kulturelle Verwurzelung», und sein Akzent machte das durchaus charmant. In langen Nächten hatte er nicht nur sich selbst, sondern ganz Deutschland im Mittelmeerraum verwurzelt, an der Mentalität müsse man noch etwas arbeiten, der Wille aber sei gegeben, und in so mancher früher Morgenstunde hatte er statt der Sieben Weltmeere nur noch eines gelten lassen: «Die Wiege unser aller Kultur, der Handel, die Phönizier, mit kulturellem Einfluss bis in den Westen der USA.»

Als Jakob und er bunten Pfeffer und gerebelten Thymian in die Pfanne streuten, extra natives und selbstimportiertes Olivenöl großzügig darübergossen und gleichzeitig einen schweren Barbera zum Anstoßen und einen leichteren zum Kochen entkorkten, als stünden ihnen alle acht Arme eines Tintenfischs zur Verfügung, war ich mir nicht sicher, ob ich wirklich die beiden so sah oder eher ihr Trugbild vom Jahr zuvor.

«Mehr Rosmarin!», rief Dotto gegen das zischende Öl an, «Wo sind die Knoblauchzehen, wo ist mein Majoran?», und die Artikulation gab seine Herkunft dann doch recht genau preis, «Mehr Salz!» Seine Konsonanten waren nicht stakkatohaft angestoßen wie die mancher Spanier, er verkürzte die Silben nicht zu unverständlichen Reihen von Reibelauten, wie es slawische Muttersprachler gelegentlich taten, er zog seine Vokale vielmehr in die Länge und rollte ein italienisches R, sprach ein bisschen singend, die Stimme nicht immer ganz tief.

«Reichst du mir noch mal meine Kleinen Schweinereien?», bat er wenig später am Ebenholztisch, sobald er eine weiße Stoffserviette umgebunden und Jakob seine Plastikschürze abgelegt hatte; alle Bemühungen, nicht ins Lachen zu geraten, scheiterten, entluden sich in kurzen Luftstößen, die gegen Dottos Willen aus seinem Mund herauszuplatzen schienen, er freute sich auf die nahende Pointe wie ein junger Liebhaber auf seinen Schatz.

Jakob lachte nicht so sehr jugendlich, er lachte eher trocken und aus dem Bauch heraus und reichte die Aluminiumschale vom Durchmesser eines Tortenbodens über den Tisch, eine Schale, die nur zu diesem einen Anlass aus dem eingestaubten Küchengeschirr gezerrt wurde. Auf dem edel anmutenden Silber tummelten sich die Organe, in verräterischen Zweierhügeln drapiert, mit einer hautartigen Ummantelung und haarigem Gestrüpp darauf.

Natürlich werden Spanische Nieren nicht als Ganzes und schon gar nicht im von der Natur bereitgestellten Säckchen gekocht, man schneidet sie in Scheiben, blanchiert sie in Brühe und brät sie dann in der Pfanne, Dotto aber hatte einen besonderen Spaß daran, möglichst naturgetreu nachzustellen, was seine Kochkultur auseinandergetrieben hatte; statt Haut ummantelten hauchdünne Fenchelschalen die Kleinen Schweinereien, und was nach Haaren aussah, entpuppte sich als ein Nest aus Rosmarinnadeln, knusprig frittiert.

Er schnupperte an dem frisch aufgetürmten Arrangement auf seinem Glasteller, lobte Geruch und Ästhetik mit barocken Worten und einer fingerwedelnden Gestik, und wünschte sich einen guten Appetit, Jakob schlitzte bereits erwartungsvoll seine Hügelchen auf. Mit jedem Messerschnitt, mit jedem Gabelstich mischte sich Schmerz in Dottos Miene, als wäre seinem eigenen Schoß entnommen, was soeben verspeist wurde, Jakob schnitt unbeirrt vor sich hin.

Ich fragte mich, warum ich von diesem abermals aufgeführten Schauspiel noch immer nicht gelangweilt war, warum ich vielmehr hoffte, dass weder Dotto noch Jakob ihre Einsätze verpassten, ich hätte sogar souffliert und letzte Regieanweisungen gegeben – *Jetzt das Messer in den Fenchel! Jetzt die Rosmarinnummer! Jetzt die ersten Lachtränen!* –, aber die beiden waren in einer Form, die ihrem Alter nur spottete, ich lehnte mich zurück.

Jakob schob sich eine weitere fettgetränkte Scheibe in den Mund und zerkaute sie zwischen den Backenzähnen, Dottos Bewegungen wurden ungehaltener und ungelenker, er spielte so treffend, als habe er sein Berufsleben nicht in Stadtplanungsbüros, sondern auf Theaterbühnen verbracht, kurz vor dem Höhepunkt schloss er die Augen.

«Köstlich», rief mein Vater.

«Aah», rief Dotto.

Jakob näherte nun Daumen und Zeigefinger pinzettengleich den Rosmarinnadeln und zupfte sie mit schnellen Bewegungen vom Teller wie unliebsame Haare aus bestimmten Körperöffnungen, Dotto stöhnte auf, griff sich bei jeder entfernten Nadel in den Schoß, was er letztes Jahr erst eine Weinflasche später getan hatte, hielt sich bald nur noch auf den Hinterbeinen seines Stuhls.

Die Rosmarinnummer führte auch dieses Jahr wieder dazu, dass selbst ich mich eines Anflugs von Phantomschmerz nicht erwehren konnte, beiden Männern traten Tränen in die geröteten Augen, Dotto weinte, Jakob lachte, Tränen, die der eine mit dem Handrücken trocken wischte, wenn er glaubte, dass der andere gerade nicht hinsehe, kurz vor dem Moment, in dem sie über die unteren Lider treten und die Wangen hinabrollen würden.

Mit einem unerwartet heftigen Anfall fiel Dotto aus der Rolle, er lachte nicht, er schnaubte, eine Rosmarinnadel stieg von seinen Lippen auf und landete auf meinem leeren Porzellanteller, er versuchte sich Rotwein einzuschenken, tränkte stattdessen mehrere gedünstete Knoblauchzehen, die sofort einen rötlichen Farbton annahmen, Jakob leitete das Finale ein. Er nahm Dotto die Flasche aus der Hand und stand auf, auch der Dottore erhob sich aus dem Stuhl, die beiden stützten sich mit der Linken an der Schulter des anderen ab, während sie mit der Rechten Brüderschaft tranken, die Armbeugen ineinander verhakt.

Ich selbst verspürte bei Dottos Gerichten den gleichen gustatorischen Tiefgang wie beim Verzehr einer verbrannten Tiefkühlpizza, und als beide Männer sich erneut bedient und mir ihre Delikatesse wiederholt erfolglos angeboten hatten, streichelte Jakob die Luft über den verbliebenen Kugeln, die unter seiner gewölbten Handfläche nun eher weiblicher als männlicher Anatomie zu ähneln schienen; augenblicklich imaginierte ich Frauenkörper um die Miniaturbusen herum, gebratene Miniaturfrauen auf den Tellern zweier alter Männer und musste lächeln, Jakob fasste sich an die Brust.

Er zog sein Telefon aus der Jacketttasche, überflog die eingegangene Nachricht und ließ das Gerät auf der Tischplatte kreiseln, seine Augen wirkten, als habe er bis soeben eine Sonnenbrille getragen und nun Probleme mit dem Licht.

«Er wird verfolgt!», sagte Dotto geheimnisvoll.

Der Dottore hatte nach seiner Pensionierung Schraubenziegen in den Abruzzen gehütet, ihre Hörner seien wie riesige Korkenzieher, hatte er auch heute wieder erklärt, ich vertrieb die schillernde Vorstellung, die ich mir von derart gewickelten Paarhufern gemacht hatte, und dachte an die noch verwickeltere Damenwelt meines Vaters. Seinen Augen war anzusehen, dass er ebenfalls an sie dachte, er stieß beim Atmen die Luft aus wie Rauch.

«Von der Damenwelt, ich weiß.»

Jakob genoss unsere fragenden Blicke und schwenkte sein Rotweinglas, bis Weinstein durch die Fliehkraft nach außen geschwemmt wurde und sich am Glasrand festsetzte. Dann stürzte er den Barbera nicht etwa theatralisch herunter, immerhin war sein Auftritt beendet, der Vorhang gefallen; er benetzte nur seine Lippen, als handle es sich um aufgezwungenen Rote-Beete-Saft, schließlich drückte er seinen Mund auf die Serviette und zeigte Dotto und mir den überraschend perfekt ausgeprägten Abdruck, als erwarte er nun doch wieder Applaus.

Die Stille brachte mich aus der Ruhe. Ich entkorkte die

dritte Flasche Wein. Jakob bekam eine neue Nachricht, er las den Text, der ihm augenscheinlich nicht gefiel.

«Wer war das?»

«Ach, irgendwer –»

Seit nun schon zwei Jahren antwortete er nur ungern auf konkrete Fragen und versteckte sich hinter einem trotzig aufgeschichteten Wall der Wunderlichkeit, der sich mit dem meiner Patienten messen lassen konnte; als Teenager hatte ich ihm diese Phase erspart, soweit ich mich erinnerte, die letzten weißlichen Scheiben erkalteten auf dem silberfarbenen Blech.

Jakob gähnte hinter vorgehaltener Hand. Nur die Hülle seines Körpers erinnerte noch an den kauenden, schlingenden, prassenden Mann, der vor einer halben Stunde seinem besten Freund um den Hals gefallen war, um mit ihm Brüderschaft zu trinken; der Geist, der in dieser Hülle beheimatet war, hatte sich unauffällig davongemacht.

Draußen versteckte sich der Park in einem schwarzen Raum ohne oben und unten, als ob keine Dämmerung je dagegen ankäme. Den Esstisch erhellte lediglich die Energiesparbirne der Tiffanylampe, der mattgelbe See aus Glas und das Seepferdchen im roten Schilfgras, vor Jahren von Iris ins Zinn gelassen.

Ich kippte das Bullauge, das zum See ging; Föhnwind strömte herein, packte mich am Hals und an den Schläfen, ich schüttelte mich, auf den Unterarmen stellten sich erste Haare auf. War nicht das Schilfrohr draußen zu hören, das Reiben von Bast und von Rispen, eine Böe am Ufer vielleicht?

Jakob drehte den Kopf zum mittleren der *Panoramafenster*, statt Gardinen säumten es Silberlamellen, die nun in der Zugluft flatterten; er schnupperte die feuchtwarme Luft, die über die Nierenreste und um die Weingläser strich, wirkte weder versunken noch sonderlich präsent, sein Gesicht war einfach nur leer.

«Und, wie war deine Fahrt?»

Mein Mund schmeckte modrig, es fiel mir schwer, ihn zu öffnen, Artikulieren schien plötzlich anstrengender als Kopfrechnen. Ich berichtete von schläfrigen Punks und überdrehten Rentnern und nicht von Iris, Dotto fiel mir ins Wort. Man erlebe dieser Tage ja ohnehin nichts mehr, ob wir uns wirklich mit Punks und Rentnern beschäftigen wollten, ob er uns schon von *Tauban-Süd* berichtet habe? «Vierzig Bauarbeiter», ich glaubte mich zu erinnern, dass es letztes Jahr nicht halb so viele gewesen waren, «vierzehn Handwerksbetriebe, sieben Bauleiter, neun Architekten und fünf Stadtplaner, und einer von denen war ich!»

Diesmal meldete sich das Telefon mit einem Anruf, Jakob war zu langsam, den aufleuchtenden Schriftzug zu verdecken: *Karen ruft an.* Er lächelte knapp, ich wusste nicht, ob er das Schmunzeln inszenierte oder ob vielmehr das Schmunzeln ihn im Griff hatte, mit einem gezielten Stoß seines Zeigefingers stellte er das Gerät aus, ließ es in seine innere Jacketttasche gleiten.

«Tauban-Süd?», fragte er, als habe er die letzten Sekunden suchend über einer Landkarte verbracht, Dotto ließ sich nicht bitten. Er zerschnitt mit seinem Messer die Luft über dem Esstisch, indem er uns die groben Umrisse des Stadtviertels skizzierte, den Südteil, die Biotope und Grünspangen, bis ein glockenhelles, gläsernes Klirren erklang. Jakobs Lächeln verschwand aus seinem Gesicht wie von einer Hologrammkarte, die man in einem veränderten

Winkel gegen das Licht hält, die Tiffanylampe schaukelte auf und ab.

Er strich über den Lampenschirm, auf der Suche nach einem Kratzer im Tiffanyglas oder nach einer Delle im Zinn, seine Fingerkuppe färbte sich grau. Dann nahm er die Hand von der Lampe und kreiste mit dem Zeigefinger auf der Serviette, als gelte es weit mehr als nur Staub dabei abzustreifen, der Weinmund auf der Serviette verwischte, wurde schwarzrot, dann violett.

Karen brachte eine Wolke aus frischem Sauerstoff und nicht ganz so frischem, etwas mandel- oder gar muskatnusslastigem Parfüm mit herein. Gerade wollte ich mich erheben, um unauffällig an ihrem Mantel zu riechen, einen weiteren Rotweinschwenker zu decken, nach dem Befinden ihrer Lungen zu fragen, als ich sah, dass Dotto längst stand, Karen umkreiste, Stühle rückte und Küsse verteilte, den roten Seidenmantel knapp unter seiner Nase hindurchzog und anerkennend nickte, Karen nahm den Mantel wieder an sich.

Jakob blieb sitzen.

Sie beugte sich über den Tisch, fasste mir ans Kinn, als wolle sie meinen Kiefer vermessen, eine Form der Begrüßung, die ausschließlich einer Frau zustand, die einen bereits in den Kindergarten gebracht hatte. Ich wartete, dass sie «Alles klar bei den Wunderlichen?» fragen und sich damit weniger nach der Tischrunde, als nach meinen Patienten erkundigen würde, sie hatte das Wort bei Jakob entlehnt.

Durch den Stoff ihres grauen Cardigans hindurch massierte sie ihre rechte Armbeuge, vielleicht hatte man ihr Blut abgenommen, war der Arzt übermüdet gewesen, hatte die Nadel ihre Vene geschädigt; mit herabgezogenen Mundwinkeln musterte Karen die letzten Fettinseln und Fleischstücke, wies mit dem Zeigefinger auf Dotto und dann auf meinen Vater, als habe sie vor einer meuternden Schulklasse die größten Störenfriede ausgemacht, endlich setzte sie sich und tätschelte etwas abwesend Dottos Hand.

«Hallo Jakob, wir haben uns gar nicht begrüßt.»

«Ich wünsche einen guten Tag!»

«Wie war die Rosmarinnummer, Philip?»

«Schmerzhaft.»

Sie packte den Javaanse und das Mundstück aus, ihre Finger spielten sich Tabakkrümel und Filterstücke zu wie ein verlässliches Team. Dotto richtete mit weniger präzisen Handgriffen einen üppigen Vorspeisenteller, über dessen öligen Rand eine Knoblauchzehe und eine kleine Menge Peperonata glitten, als er den Teller zu hastig vor Karen auf dem Tisch abstellte.

«Alles klar bei den Wunderhirnen?»

Ich war ihr dankbar für die Variation des erwarteten Wortes, tatsächlich hatte ich eher mit Hirnwundern, als mit wunderlichen Hirnen zu tun, mit Bastian etwa, den seine Exfrau eingeliefert hatte, als sie noch seine Frau gewesen war; er überreichte mir Gegenstände, die sonst nur Kinder für Geschenke hielten, Kiefernzapfen und Plastikkapseln und unförmige Kieselsteine; und in ermüdenden Versuchen, Zunge und Lippen zur Artikulation zu bewegen, erzählte er zu seinen Fundstücken Geschichten, deren Pointen ich oft erst Tage später verstand.

Er schenkte mir Schnürsenkel und Einlegesohlen, und aus dem Radio erfuhr ich von der Insolvenz eines örtlichen Herrenausstatters, er schenkte mir das längliche Wuchtblei von Autoreifen, und am Abend erinnerte ich mich, dass ich ihm von der Kollision meines Vorderrads mit einer Bordsteinkante erzählt hatte, wobei die Felge zu einer Acht tordiert war, und manchmal hortete er für mich beim Abendessen das Knäckebrot.

«Was soll ich mit dem ganzen Brot, Bastian?»

«Es kommen härtere Tage.»

«Was ist denn mit deinem Arm?»

Karen nahm augenblicklich die Hand von ihrer Beuge.

«Ach, nichts.»

Verstaucht? Verzerrt? Verdreht?

Sie setzte eine selbstgedrehte Zigarette in das Mundstück, eine krumme, weiße Papierschlange stieß auf hochpoliertes Messing – eine Mischung aus Nachlässigkeit und Eleganz, die ich so nur von ihr kannte –, ihr erster Lungenzug ging in einen Husten über, der nach Notfall anmutete, und nachdem die Attacke überstanden war, inhalierte sie umso gieriger, wobei sie ihre Wangen weit in die Mundhöhle sog.

«Und wie geht es dem Kaffeewunder?», fragte sie, als sei dessen Befinden ebenso wichtig wie das meiner Heiminsassen, sie nickte in Richtung des knapp tausend Euro schweren Hightechboliden, den sie Jakob zum sechzigsten Geburtstag geschenkt hatte und der seitdem den Salon verschandelte.

Sie ließ sich über neue Zubereitungsvariationen und altbekannte Milchaufschäumungstemperaturen unterrichten, untersuchte zwiebelwendend und fenchelfiletierend ihre Antipasti, in der festen Absicht, eine Spanische Niere unter den Gemüsestücken zu finden und so den ganzen Teller stehen lassen zu können, sie hatte auch heute wieder Erfolg. Den unverkennbar tierischen Überrest pikste sie auf ihre Gabel, führte sich das ölige Stück vor Augen und blies Rauch darauf, sie schien zu testen, ob sich die Oberfläche dadurch gerbte oder zumindest verfärbte, dann reichte sie die Gabel an meinen Vater weiter. Der ignorierte das Angebot, Dotto aber streckte den Kopf vor und öffnete den Mund wie einen Schnabel, die Gabel schwebte verloren im Raum. Karen war unentschieden, Dotto schnappte sich die Beute mit einem schnellen Biss.

«Ich kann das nicht essen, davon wachsen einem Haare!» Dotto wies auf seinen kahlen Schädel und verneinte bedauernd.

«Am Kinn, Dottore!»

Sie schob den Vorspeisenteller von sich, wobei der Tellerrand gegen den Stiel ihres Rotweinglases stieß und es in Schieflage versetzte, bis der Kelch an der Barberaflasche neuen Halt fand, Karen zog den Teller behutsam zurück, das Glas folgte der Bewegung, richtete sich bis zum sicheren Stand wieder auf. Das hektische Hantieren nach Missgeschicken am Tisch blieb aus, die Papierrolle in der Küche, der Salzstreuer an seinem Platz, Karens Kleid und der Cardigan makellos, niemand verrieb rote Flecken darauf.

Sie ließ Jakobs Serviette wieder sinken, nach der sie instinktiv gegriffen hatte, entdeckte den dunkel verfärbten Weinmund auf dem weißen Stoff.

«Ihr hattet Frauenbesuch?»

«Natürlich nicht.»

Jakob legte achtlos Messer und Gabel zusammen, stapelte die Glasteller zu waghalsigen Türmen, ohne die Nierenreste dazwischen zu entfernen, balancierte das Geschirr in die Küche. Kurz darauf ertönte ein schneidendes Poltern, Metall auf Porzellan, Porzellan auf Glas, spitz das Besteck, dumpf die Teller, Jakob schien den Geschirrberg unsortiert ins Spülbecken zu leeren, etwas barst, etwas zersprang, nach einem knappen Moment der Stille drang ein melodiöses Pfeifen aus der Küche, ich musste schmunzeln, Karens Augen wurden glasig.

«Oh, Summerwine!»

Sie folgte Jakobs Gesang in die Küche, schloss die Resopaltür hinter sich, ich meinte, ein aufgebracht zischendes Flüstern zu hören. Dotto betrachtete sich im Fensterglas, fegte Flusen von seinen Schultern, stützte seinen Kopf auf den Armen auf. Nach einigen Sekunden begann er von vorn. Fenster, Flusen, Aufstützen.

«Meinst du, sie kriegt ihn noch rum?»

Er zwinkerte mir zu.

Ich gab einen unbestimmten Schnaublaut zur Antwort, mein Mund war voll Rotwein; nachdem der Hustenreflex einen verirrten Tropfen aus der Luftröhre gestoßen hatte, zwang ich zu viel Wein auf einmal hinunter, die Stelle, an der Gaumen und Rachen zusammenstießen, brannte, als hätte ich Lösungsmittel geschluckt. Dotto sah mich schuldbewusst an, erkundigte sich, ob ich wieder Luft bekäme, dann eilte Karen aus der Küche, schnappte sich ihren Seidenmantel, rüttelte fahrig an der Terrassentür. Ich half ihr, den Kreuzbartschlüssel zu drehen, er musste bis zum Anschlag ins Schloss geschoben und dann einen knappen Millimeter zurückgezogen werden, wobei man ihn möglichst langsam drehte, sie fasste mir ans Kinn und verlor sich mit leiser werdendem Husten in der Nacht.

«Ein für alle Mal: nein!», dröhnte es aus der Küche.

Von draußen war Seeluft ins Haus geströmt, ich genoss den frischen, herben Geruch und wollte hinaus, in die Luft, ans Ufer, auch Dotto hielt es nicht mehr auf seinem Platz aus, er tigerte auf den Terrakottafliesen umher, als litte er unter gesteigertem Bewegungsdrang bei Demenz.

«Ist sie weg?»

«Herzlichen Glückwunsch», sagte Dotto.

«Wo willst du denn hin?»

Die beiden sahen mich an, schlüpften wortlos in ihre Mäntel, als wäre es selbstverständlich, dass wir den restlichen Abend nur gemeinsam durchstehen würden, die Nacht draußen war voller Geräusche und immer noch lau. Ein Schiffshorn, die Dogge der Nachbarn, eine Windböe im Schilf, knackende Zweige, wohin man auch trat.

«Großartig, ganz großartig.»

Es war nicht auszumachen, ob Dotto das ernst meinte oder ironisch, ich sah sein Gesicht nicht, der Pfad zum See lag im Dunkeln, der Mond war von Wolken verdeckt; Beerengestrüpp und lange Wacholdernadeln streiften unsere Schultern, wir erreichten den Ahornhain, wir hörten einander rascheln und sahen uns nicht.

Endlich erkannte ich das Wasser, der See war schwarz und unbewegt, als bestünde er aus lackiertem Metall. Nur am Ufer taten sich Wellenlinien auf, schlafende Schwäne lagen auf der Wasseroberfläche wie Inseln, umgeben von Stockenten, die in kleinen Scharmützeln ihre Schnäbel wetzten, das Ruderboot, ein olympischer Einer, lag verkehrt herum neben dem Steg.

«Wo seid ihr denn?»

Ich wandte den Kopf in Richtung der Stimme, die aus der Dunkelheit kam, sah einen Rohrkolben aufragen, nicht aber Dottos Glatze, auch Jakob war fort, der Föhnwind bereitete mir leichte Gänsehaut.

«Sie ist in letzter Zeit etwas aufdringlich geworden.» Dotto flüsterte nun ganz in meiner Nähe. «Aber er sollte sich trotzdem nicht gehen lassen. Wenn er so weitermacht, vertreibt er Karen noch ganz!»

Hinter mir ploppte ein Flaschenkorken, Jakob versuchte gar nicht erst, leise zu trinken, das Gluckern drang zu mir herüber, wie separiert von den anderen Geräuschen der Nacht.

«Trink!»

Er stieß mir die Weinflasche gegen die Brust, unter der mein Herz zusammenzuckte, ich hatte geglaubt, er stünde mehrere Meter entfernt. Die ewige Trinkerei langweilte mich bereits am ersten Abend, ich nahm die Flasche entgegen, führte sie nicht an den Mund.

«Warum hast du sie rausgeworfen?»

«Lass du dich erst mal entjungfern!»

Er fasste mich am Handgelenk und führte mich zu Dotto, Blütenpollen oder eine Daunenfeder kitzelten mich unter der Nase, ich musste niesen, Jakob presste mein Handgelenk zusammen, etwas knirschte, meine Sehnen oder seine Knöchel, zu dritt stakten wir dem Wasser entgegen. Das morastige Schmatzen am Ufer ging bald in ein helleres Plätschern über, meine Socken sogen sich voll.

Als wir stehen blieben, wollte ich mich befreien, er hielt mein Handgelenk weiter umschlossen. Hinter uns schwankten Schilfruten wie mahnende Zeigefinger, in der Ferne erklang ein Schiffshorn, die Dogge antwortete ihm. Dann nur noch der Wind und das leise Anlanden kaum sichtbarer Wellen.

Mein ehemaliges Zimmer war längst zu einem begehbaren Kleiderschrank geworden, in dem über fünfzig Flickenmäntel hingen, die Iris in einer kurzen textilen Phase geschneidert hatte, mit kleinen Dinkelgarben und Schlangenlinien und chinesischen Fruchtbarkeitszeichen verziert. Die Flickenmäntel halfen Iris lediglich, die steten Vorwürfe zu entkräften, sie habe mit ihren Tiffanylampenserien und Flachblechdrachen und den unvermeidbaren Kupferzinkechsen einen kalten, anorganischen Mesokosmos geschaffen; nicht einen der Mäntel hatte sie je verkauft. Manche steckten in dünnen Plastiküberzügen, als kämen sie direkt aus der Reinigung, aus anderen sahen noch kleine, bunte Absstecknadelköpfe hervor, ein linker Ärmel fehlte, mehrere Säume waren noch nicht umgeschlagen, aus einem Ausschnitt quoll ein Strang grauer Füllwatte.

Mein altes Bett stand hochkant an die Wand gelehnt, es diente als Massenkleiderständer. Auf den zweihundert Quadratmetern hatte Jakob immerhin eine Couch im Messingflur für mich vorgesehen, er hatte sie sogar bezogen. Ein starker Ledergeruch drang durch den Leinenbezug hindurch – hatte Jakob schon wieder das Modell ersetzt oder war der Geruch tatsächlich noch nicht verflogen? Ich knipste die Stehlampe an, die quadratischen Kreiselkästen hingen als graue Schemen an der Wand, zwischen dem linken und dem mittleren hatte sich ein neuer Riss in der Mauer aufgetan.

Während Jakob Jahr für Jahr jünger wirkte, wurde die Villa zusehends alt. Der allgemeine Zustand der Vernachlässigung und Verwahrlosung, auf den Iris so viel Wert gelegt hatte, war längst einem auch statisch bedenklichen gewichen, das gesamte Fundament war zur Seeseite um einige Millimeter abgesackt, sodass sich das Haus vor dem Wasser verneigte, vorerst noch unsichtbar, von Dotto aber mit dem Winkelmesser auf beinahe zwei Grad bestimmt. Vor allem in der Nähe von Türschwellen und Außenmauern brachen die Fliesen, und millimeterdicke Risse schossen die Zimmerwände empor, als arbeite das jahrhundertealte Mauerwerk eines Fachwerkhauses, dabei war die Villa vor nicht einmal vier Jahrzehnten vom Keller über die Wände und Treppen bis zur Galerie aus damals so modisch schlichtem Beton gebaut.

Die Putzkleckse, die ich im Vorjahr auf die breitesten Risse gespachtelt hatte, um das weitere Auseinanderdriften der Mauern zu verfolgen, waren nun ihrerseits aufgebrochen, die Risse also noch in Bewegung, allerdings verliefen die meisten horizontal und stellten Dotto zufolge keine weitere Gefahr da. Jakob brachte nicht das Engagement auf, sich um Risse in seinen Wänden zu kümmern, und ich hatte nach einem Alptraum, in dem die Betonmauern über ihm zusammenstürzten, von Berlin aus mit dem Dottore telefoniert.

Iris hätte sich wahrscheinlich erfreut an den Rissen, hatten Mauerrisse doch den unbestrittenen Vorteil, ganz und gar unbürgerlich zu sein. Es war ein einigermaßen aussichtsloses Unterfangen gewesen, sich auf zweihundert Quadratmetern mit Seeblick wie in prekären Mietverhältnissen zu fühlen, und so hatte sie mit allerlei Polierregeln und Möblierungsvorschriften ihrem Heim zu mangelnder Perfektion verholfen. Je glatter eine Oberfläche beschaffen war, desto strikter hatte das Verbot gegolten, sie mit Reinigungsmitteln und Polierledern zu behandeln, ich kann mich nicht daran erinnern, dass in der Villa mehr als drei Mal die Fenster geputzt waren, und der Plan ging zumindest insofern auf, als sich über die Jahre ein Grad von Grundverschmutzung auf den Kacheln und Scheiben breitgemacht hatte, der das Bad und den Salon zu kleinen Höhlen eindunkelte.

Was in studentisch geprägten Wohngemeinschaften den Hinterlassenschaften ständig wechselnder Mieter und mangelnden Einkommen geschuldet ist, war bei meiner Mutter Programm. Sie verabscheute Tische, die mit modellgleichen Messern und Tellern gedeckt waren, sie weigerte sich, die Schüsseln, die einen Sprung hatten, auszusortieren, und wurde nicht müde, leere Senfgläser unter die bauchigen Rotweinschwenker zu mischen, auf die Jakob bestand.

In über zwanzig Jahren hatte er durchaus einige wertvolle Möbelstücke eingeschleust, das handgezimmerte Doppelbett etwa, aus dem Holz einer eigens für Iris ausgesuchten Schwarzwaldeiche, den Einbauherd mit Glaskeramikkochfeld, an dem auch sie schon nur mit Dottos verständiger Hilfe gekocht hatte; so manches Detail der Inneneinrichtung hatte er heimlich veredelt, während sie mit mir auf dem Balkan weilte, das Badezimmer mit seiner Spiegelglasverkleidung im Denverstil, die Küche mit ihrem in die Wand gelassenen Edelstahlsetzkasten für Gewürzdosen, doch selbst über den schwarz lackierten Garderobenständer hatte sich bald ihr Geist gelegt, indem die Bügel vorschnell zerkratzten, das Doppelbett hatte sie noch im ersten Jahr seiner Nutzung mit kindlichem Fingerfarbauftrag weniger schnittig gestaltet, und für die Spiegelglasverkleidung im Badezimmer galt selbstverständlich das Polierverbot.

Vielleicht waren es diese widerstrebenden Kräfte, die ständig neue Risse in die Wände der Villa trieben, weder wirkte sie verfallen noch gut gepflegt, sie war weder billig eingerichtet noch ambitioniert, es ließ sich kein vorherrschender Geschmack erkennen, und sie wirkte nicht geschmacklos dabei; in diesem Sammelsurium aus ungeschliffenen Kellerregalen und Markengeräten verloren Kategorien wie Protz oder Understatement ihre Bedeutung, einem Sammelsurium aus Designerstühlen und halbfertigen, kunsthandwerklichen Hinterlassenschaften, einer hybriden Wohnlandschaft, die jährlich mehr Fingerabdrücke und gröberen Straßenschmutz ansammelte, denn Kehren und Wischen hielt auch Jakob für überschätzt.

Ich zog die Schablone aus der Jeanstasche und ging auf die Kreiselkästen zu, drei auf Brusthöhe festgeschraubte Wandinstallationen, die mit je einer Plexiglasscheibe abgedeckt waren und sich um ihren Mittelpunkt drehen ließen wie Glücksräder. Alle drei Metallkästen waren handgebürstet und mit Hunderten von Messingrädern und Messingschrauben gefüllt, mit Messingsternen und Messingspiralfedern, die klimpernd durcheinandergerieten, sobald man an den Kästen drehte, allerdings tat das schon lang niemand mehr. Ich schwenkte den Kegel der Stehlampe zur Wand und inspizierte den neuen Riss zwischen linkem und mittlerem Kasten, er war deutlich breiter als ein Haarriss, laut Schablone aber gerade noch in Kategorie zwei.

Umgehend zweifelte ich an der Zuverlässigkeit des Statikers, der die Kategorien einst definiert hatte, nur wenig beruhigt legte ich mich auf die Couch, wand mich fast eine Stunde lang, mal ragte ein Bein über die Lehne, mal rutschte ein Arm über die Kante, stets staute sich in Händen und Waden das surrende Blut. Jakob hingegen hatte sich längst auf seine Galerie verabschiedet, statt Bettflucht hatte sich bei ihm mit den Jahren eine ungekannte *Liebe zum Schlaf* eingestellt, und wenn er mir eine Gute Nacht wünschte, verschwand er nicht selten für volle zwölf Stunden, bevor er mit leicht verquollenen Augen wieder auftauchte und behauptete, nicht eine Stunde geschlafen zu haben.

Eine halbe Stunde vor Mitternacht gab ich auf. Der Messingflur grenzte direkt ans Foyer, in dem der Steinboden eine feuchte Kälte abstrahlte, durch den schmalen Lichtschacht über der Galerie drang Mondlicht oder ein matter Schimmer, den ich dafür hielt. Die Silberlamellen waren nicht zugezogen, wie eine Falltür zeichnete sich das helle Karree des angelaufenen, mannshohen Wandspiegels ab. Die fette, überlange Kobrareplik, die sich als Rahmen um ihn wand, erkannte ich nur als dunklen Wulst.

Von oben war laut aufgedrehte Abendunterhaltung zu hören, gefolgt von einem monotonen Nachrichtensprecher und aufheulenden Rennautomotoren, Jakob wechselte die Programme schneller, als ich meine Schritte auf die Steinfliesen setzte; ich durchquerte den Salon, in dem es roch, als schwenke Dotto noch immer seine Knoblauchzehen in siedendem Öl, und betrat die Küche.

Welche großen Fragen auch immer Karen und Jakob darin geklärt hatten, die kleine Welt der Gegenstände zeigte sich noch immer recht trüb. Gewürze und Schubladengriffe waren mit einer zähen, öligen Lasur überzogen, auf dem

Boden lagen Knoblauchzehenschalen und Gewürzpaprikastrünke, auf dem Herd hatten sich Tomatenkerne in die Cerankeramik gebrannt. Im Schutz der Nacht wollte ich mich einmal genauer umsehen, ließ zuvor aber die weichgekochten Gemüsestücke in einen Bratschlauch fallen, den Jakob zu einer Mülltüte zusammengebunden hatte; was schon warm aufdringlich gerochen hatte, stank kalt feist und talgig; die Spüle barg nicht einmal Handseife, so kochte ich Wasser auf und schüttete es über Griffe und Hähne und Platten und missachtete fast fünf Minuten das Polierverbot.

Als das letzte Topfdeckelklappern verstummt war, das in der nächtlichen Stille wie eine Ohrfeige klang, untersuchte ich einige Schranktüren und Papiercontainer auf deutbare Spuren, stieß auf einen eingefetteten Waschlappen mit den Initialen meiner früh verstorbenen Großmutter auf der Dunstabzugshaube, auf einen zerrissenen Beipackzettel offensichtlich kostspieliger Herrenkosmetik in der Ritze neben dem Kühlschrank und auf die Kupferglückskiefer im Bonsaiformat unter einer angeschmolzenen Alditüte hinter dem Herd.

Einige knorrige Äste aus Kupferlitzen hatten die Plastiktüte durchstoßen und mit ihnen die einstmals so leuchtenden Glückskiefernzapfen, die Kupferkiefernnadeln hingen abgeknickt herunter, das Glücksversprechen der Kiefer, die Verheißung von würziger Sommerluft auf dem Balkan und sandigen Schattenhainen an der Adria war für immer erloschen.

Sonst fand ich nichts.

Für diesen Teil meines Aufenthalts müsste ich mir etwas ausdenken, wenn ich die Befürchtungen meiner Mutter bestätigen wollte, einen violetten Nagellack etwa, muffige Rosenblätter hinter dem Brotkasten oder eine Reihe Veuve Clicquot in der Kühlschranktür. Ich sah ein letztes Mal nach, stieß wiederum nur auf Crémant, die Kühlschrankluft roch sporig, kratzte im Rachen.

Welchen Wunsch schlug er Karen ab?

Jakob zeigte sich selten so echauffiert, dass er zu brüllen begann, normalerweise gefiel er sich darin, gleichtönig und vornehmlich pausenlos vor sich hinzusprechen, war doch kaum etwas bedrohlich genug, um sein gemütlich zur Schau gestelltes Nirwana zu erschüttern, kein Riss im Beton, kein Wildschweinbefall im Park und schon gar kein abendlicher Damenbesuch.

Meine Armbanduhr zeigte siebzehn Minuten nach Mitternacht an, als ich mich erneut auf der Couch ausstreckte. Ich wusste nicht, ob Karen die Villa öfter aufsuchte, seit meine Mutter sie nicht mehr betrat, Karen war einer der wenigen Menschen, deren An- oder Abwesenheit mir niemals auffiel, sie gehörte zum See wie Jakob, das Blechgetier und das Haus. Bis heute würde ich behaupten, dass ich sie und nicht Iris geschlagen habe, am Strand von Dubrovnik, während einer Salzwasserkolik, die meine dreijährigen Fäuste um sich kreisen ließ, als man mich in den Schatten trug.

Ich war mir der Grenzüberschreitung sehr wohl bewusst gewesen, den Menschen zu schlagen, der mir Hilfe brachte, ich durfte nicht schlagen und schlug doch zu, traf gar ihre Augenhöhle, und Karen oder eben Iris drehte ihren Kopf weg und presste mich fester an sich und stieg mit mir in langbeinigen Schritten über den heißen Strand.

Null Uhr dreiunddreißig. Ich nahm die Uhr vom Arm

und legte sie mit dem digitalen Anzeigenfeld nach unten auf den Boden.

Es hatte noch einige Jahre gedauert, bis ich hinter der gemeinsamen Begeisterung der beiden Frauen für das Wildcampen an adriatischen Steilküsten und Sandstränden eine gemeinsame Begeisterung für osteuropäische Männer vermutete, für Tavernenbesitzer und Weingroßbauern, die ihre Deutschländerinnen mit Unmengen süßer Feigen und selbstgepressten Orangensäften stets zu umgarnen wussten, während ich dackelgleich hinter ihnen hertrottete.

Meine Berichte von den *Strandstunden*, von der zähen Zeit in der Brandung, die ich allein mit Muscheln und Meeresrauschen verbrachte, hätten Jakobs Widerwillen gegen Enge und zu selten gewaschene Socken beinahe gebrochen; Karen war Single damals und fuhr ihrer Lungen wegen ans Meer, doch warum Jakob seine Frau im Campingbus nach Osteuropa touren ließ, nach Split und Dubrovnik, nach Varna und Constanza und nach Istanbul, ließ sich allenfalls mit seinen zeitraubenden Kämpfen erklären, die er in den Vorstandsetagen von Wolfsburg und Stuttgart ausgefochten hatte und auf den Podien von Radio und Fernsehen. Sein Job hatte vornehmlich darin bestanden, die Produktpalette des eigenen Arbeitgebers infrage zu stellen, Hubraum und Verbrauch und PS, und doch begrüßte Iris und mich stets ein hoher Willkommensscheck auf dem Ebenholztisch der Villa, wenn wir uns sandrieselnd und sonnengebräunt daran niederließen.

Schlaflos griff ich nach der Uhr, es war zwölf Minuten vor eins.

Am nächsten Vormittag standen wir an der Reling des Kursschiffes, das immer im Kreis das Ufer des Sees abfuhr, von acht bis zwanzig Uhr, und auch sonst wenig Abwechslung versprach. Ich wäre niemals freiwillig an Bord gegangen, es regnete schon den ganzen Morgen, Radfreunde in neongelben Regencapes zogen ihre Kapuzen enger und liefen über die Gangway, als hätten sie zuvor nicht auf Rädern, sondern auf Kamelen gesessen. Sie justierten ihre Schnellspanner und Felgenmuttern, ihre Bowdenzüge und Satteltaschen, wobei sie sich gegenseitig die Rucksäcke in die geröteten Gesichter stießen, bis ihre Partnerinnen endlich die Sportriegel und Dextroseflaschen entnommen hatten. Jakob stand im schwarzen Mantel dazwischen, er überragte die meisten um einen halben Kopf.

Eine der Radfreundinnen senkte ihre – immerhin blaue – Kapuze herab, sobald sie Jakob entdeckte, und schüttelte ihre Haare frei, die auch in regennassem Zustand noch dicht und gelockt waren, sie schien die gekämmte Schurwolle seines Mantels abzuschätzen, die braune Haut in seinem Gesicht. Jakob ließ das Dreieck unserer Blicke – er betrachtete, wie ich die Frau betrachtete, die ihn betrachtete – einige Sekunden bestehen, bis er mich unsanft von der Reling ins Bistro manövrierte, die Frau korrigierte ihr aufkommendes Lächeln nach unten.

Seltsamerweise war die Luft drinnen noch klammer, es kam mir vor, als würde die Hornhaut meiner Augen beschlagen wie Brillengläser, mit zwei kurzen Atemzügen war die frische Seeluft aus Nase und Mund gewichen, Funktionssweatshirts und lange Überhosen hingen über Abluftrohren zum Trocknen aus. Jakob schritt unbeirrt über die genoppten Metallplatten, wie er jahrzehntelang über wechselnde Firmenflure geschritten war, am Tresen tranken Frauen zwischen fünfzig und sechzig Erdbeersekt, ich überredete Jakob, das Bier in Flaschen zu kaufen, um es draußen an der Reling zu trinken.

Auf der Leeseite des Schornsteins fanden wir Ruhe und Schutz vor dem Regen, das Kursschiff hatte zu rollen begonnen, obwohl wir nur wenig Seegang hatten; wenn wir anlandeten oder ablegten, rumorte der Schornstein, an dem wir lehnten, verschwanden Neontupfer auf immer gleichen, teernassen Uferpromenaden, erzitterten meine Knie. Ich versuchte, meine Flasche an einem Öleinfüllstutzen zu öffnen, statt der Kapsel brach der obere Teil des Flaschenhalses ab, Jakob zog sein Metallfeuerzeug aus der Manteltasche und öffnete seine Flasche mit einem routinierten Griff.

Ich setzte den zackigen Flaschenhals an den Mund, mit dem nächsten Rollen des Schiffes drückte mir die scharfe Kante gegen die Lippen, ich flehte, dass die Haut nicht aufplatzte, dass mir die Schmach erspart bliebe, in seiner Gegenwart aus derart nichtigem Anlass zu bluten, er nahm mir die Flasche aus der Hand und warf sie in großem Bogen über die Reling, reichte mir seine herüber, aus der ich nicht trank.

«Die Frau vorhin –»

Ich suchte den Horizont nach einer Besonderheit ab, die ich beiläufig würde fixieren können, nach einem Fischkutter, nach einem Wetterleuchten oder einem langsam brechenden Wellenkamm.

«Kanntest du die?»

«Wahrscheinlich kannte sie mich. Die kennen mich alle hier, die wollen alle nur eins.»

«Sie hat doch nur –»

«Das ist so ein Trick: Erst schauen sie kurz rüber und dann zerren sie einen ins Bett.» Er zögerte weiterzusprechen, ergänzte: «Mein Sohn!»

Ich starrte in die tief hängenden, grauen Wolkenschlieren, vor denen Schwalben aufzogen, und beobachtete ihren regengepeinigten Flug.

Er wollte mir die Hand schütteln, ich nahm die Bierflasche von der Rechten in die Linke, er schüttelte ungeduldig vor mir die Luft, die Flasche rutschte mir aus den Fingern, in letzter Sekunde fing ich sie auf, Jakob zog seine Hand wieder zurück, ich klopfte ihm auf die Schulter, anscheinend nicht fest genug, denn er sagte, er sei nicht aus Wachs.

Die Schwalben flogen aufeinander zu – der Schwarm wurde dunkler –, und schnellten wieder auseinander – der Schwarm wurde heller –, formatierten sich neu, zu einer Sichel, zu einem Hufeisen, schlossen sich zu einer Scheibe, die sich dann wieder streckte und an den Enden ausdünnte, bis der Schwarm wie ein riesiger Muskel kontraktierte und einmalig schwarz aufblinkte und schließlich hinter dem Seerücken verschwand.

«Schönes Schauspiel!»

«Etwas Sonne wär auch nicht schlecht, wenn ich schon mal im Süden bin.»

Ich rieb die feuchtigkeitsüberzogene Flasche trocken, bevor sie mir erneut aus den Händen glitte, Jakob lachte, er genieße Regen wie Sonne, er habe nie verstehen können, warum sich die Laune seiner geschätzten Mitmenschen derart wetterabhängig gestalte, er selbst sei endlich zur Ruhe gekommen. «Hitze, Kälte – alles fantastisch! Und überhaupt: Gestern war's warm.»

«Gestern –»

«Dass das mal klar ist», sagte er schnell, «falls du im Haus eine Frau siehst: Ich will die nicht, ich hab abgeschlossen mit denen. Hörst du: Es ist vorbei!»

«Aber deswegen kannst du Karen doch nicht einfach aus dem Haus werfen. Irgendwann kommt sie nicht wieder. Denk doch nicht immer nur an dich!»

Er applaudierte dezent, nickte mir zu, da habe sein Sohn tatsächlich etwas kapiert, er denke jetzt einfach nur noch an sich. Er nahm mir die Flasche aus der Hand und leerte sie, warf sie diesmal aber nicht über Bord.

«Ob sie kommt, ob sie geht, solang sie nicht bleibt, ist mir alles egal!»

Er spreizte alle fünf Finger seiner rechten Hand und schien zu bedauern, dass die leere Flasche ziemlich weich auf seinen Lackschuhen landete und nicht effektvoll zerschellte, sie rollte grollend über Deck, stieß gegen die Bordwand, rollte zurück. Ich hob sie auf, suchte einen Mülleimer, wischte mir Wasser aus der Stirn und von den Wangen und suchte den See nach den Schwalben ab; es war nichts zu erkennen außer der aufgerauten Seeoberfläche, den niedergehenden und wieder aufspringenden Tropfen, irgendwo dahinter versteckte sich Land.

Er ging einen Schritt auf mich zu, legte mir einen Arm um den Hals; ich sah auf, er schien zu lächeln, seine Zähne waren wieder gebleicht.

Die Zeiten des Altruismus seien vorbei, er habe in seinem früheren Leben Steine geschmissen und Turnschuhe getragen und lange genug an die Gesellschaft gedacht, er stellte seine Lieblingsrechnung auf, die in etwa darum kreiste, wie viel mehr er hätte verdienen können, wenn er in Wolfsburg und Untertürkheim an sich und nicht an die anderen gedacht, wenn er über Produktoptimierung doziert hätte und nicht über Umweltschutz, über Leanmanagement und nicht über unternehmerische Verantwortung, er klang, als stünde er kurz vor der Privatinsolvenz.

«Die Irrungen, die Wirrungen!»

Nach vier kämpferischen Jahrzehnten erlaube er sich nun, das *Wir* durch das *Ich* zu ersetzen, bevor es das *Ich* nicht mehr gebe, er habe für ökologische und soziale Nachhaltigkeit gekämpft, jetzt aber kämpfe er nachhaltig für sich selbst. Auch die Suche nach der schlechteren Hälfte habe er aufgegeben, mit der er einst zum vergnüglichen Kugelmenschen verschmolzen gewesen sei. «Ich befinde mich längst im Nirwana: Familie! Freunde! Alles Folklore! Was deine Mutter kann, kann ich allemal.»

Er drehte meinen Kopf ziemlich brüsk in seine Richtung, als hätte er bereits wieder vergessen, dass er zuletzt auf Nähe ausgewesen war.

«Verstehst du überhaupt etwas?»

Auf dem See wurde der Regen schwächer, die Sicht aber klarte nicht auf, noch immer schmeckte die Luft feucht und eisenhaltig und kühl.

Anders als bei seinem Sohn, der nie richtig jung gewesen sei, habe sich die Jugend bei ihm selbst etwas länger ausgedehnt als biologisch vorgesehen, schloss er mit einem Grinsen, das Iris immer nur dann aufsetzte, wenn sie von mir als Fünfjährigem sprach, nun aber sei er endlich erwachsen und darüber zum Elementarteilchen geworden: «Ich brauch keinen mehr!»

Er bekam eine Nachricht, zog sein Telefon aus der Jackettasche, eine aufklappbare Spielerei, mit der man Videoliveschaltungen und Musikdownloads in Echtzeit realisieren und eine Homepage aktualisieren konnte, ein Vorteil, dessen Nutzen sich in Grenzen hielt, wenn man keinen Computer besaß.

Inzwischen tröpfelte es nur noch, über dem Ufer stieg weiterhin Nebel auf. Ich vergewisserte mich, dass der schwarze Antennenbalken des Radars auf der Brücke einwandfrei kreiste, wenigstens blieb es windstill, es gab keine Sturmwarnung, die Leuchttürme auf den Landzungen entsandten kein orange blinkendes Licht.

«Ich bin hier dreieinhalb Tage im Jahr.» Wir landeten am nächsten Steg an, eine Blumeninsel hieß uns in violetter Schreibschrift willkommen, weitere Radfreunde überrannten das Schiff. «Vielleicht kannst du dreieinhalb Tage im Jahr auf dein Nirwana verzichten?»

Er sah von seinem Display auf.

«Aber mein Lieber, du spionierst mich doch sowieso nur aus!»

Die aufkommende Röte in meinem Gesicht würde er hoffentlich dem nasskalten Fahrtwind zuschreiben, ich sah mich nach der Radfreundin im blauen Cape um und wunderte mich, dass sie nicht längst zum Schornstein vorgedrungen war, vielleicht hatte sie den Weg nicht gefunden, oder sie beobachtete uns und wartete, bis ich endlich verschwunden war.

«Wie kommst du denn darauf?»

«Ich hab heut Morgen gesehen, dass du die Küche geputzt hast. Das ist doch nicht normal, dass ein Junge in deinem Alter freiwillig die Küche putzt?»

«Aber der Knoblauch! Das Öl –»

«Putzt du eigentlich gern?» Er zog meinen Kopf viel zu

nah zu sich, freute sich, offenbar war ich sehr amüsant. «Stopfst du auch Socken?»

«Genau. Und mir schmeckt auch kein Bier.»

Ich schloss die Augen.

Einatmen. Ausatmen. Zutreten.

«Eigentlich hatte ich mich auf dich gefreut, Jakob.»

«War doch nur Spaß, Philip, ist schön hier mit dir! Holst du uns noch was zu trinken?»

Ich hatte keine Ahnung, wie oft wir bereits angelandet waren, in unscheinbaren Seedörfern, die sich ihres Großschriftstellers rühmten, ihrer Apfelernte oder ihres Getreidemühlenmuseums, ich hatte keine Ahnung, warum ich mich auf diesem Schiff befand, das den Charme eines Parkhauses besaß und lediglich an Heck und Bug eine leichte Rundung verpasst bekommen hatte, ich lief zum Bistro.

Süß und schwer hing die Luft über der Bar, man schien den Erdbeersekt einzuatmen, die Frauen waren kurz davor, sich an den Händen zu fassen, die Münder in den rotgetrunkenen Gesichtern geöffnet. Hier und da kamen Versatzstücke einer Ausflugsmelodie auf, die nächtlichen Fernsehreportagen zufolge bereits auf Kraft-durch-Freude-Dampfern ertönt war, endlich erhielt ich zwei Pils und entfloh der geballten Glückseligkeit.

Auf dem Rückweg stieg ich aus Neugierde bis zur Kommandobrücke hinauf und blickte von dort auf Jakob hinab, der aus dieser Perspektive kaum mehr als ein schwarzer nasser Haufen war, mit kräuselnden Locken in der Mitte und Auswölbungen an den Schultern, nicht einmal die teuren Lederschuhe stachen hervor.

Er grinste, sobald er mich auf sich zukommen sah, und steckte sein Telefon zurück in die Manteltasche, griff dann nach seiner Flasche und leerte sie zur Hälfte, bedankte sich höflich und fragte, wie viel er mir schulde, er runde auch auf.

Wenige Minuten später landeten wir dort an, wo wir zweieinhalb Stunden zuvor aufgebrochen waren, ein Steward wollte mich am Arm über den Steg führen wie eine Sekttrinkerin, ich schüttelte ihn ab. «Gut gemacht», sagte Jakob, «nur nichts gefallen lassen!»

Dank seines nachgerüsteten Hybridmotors sprang der Citroën so schnell an wie ein Neuwagen, die schmalen Scheibenwischer fegten hektisch das letzte Wasser von der Windschutzscheibe, Jakob kurbelte seinen Sitz noch etwas nach hinten, bis er beinahe lag und das einspeichige Lenkrad zwischen Daumen und Zeigefinger seiner Linken führte, auf der Hutablage nickte ein weißer Wackeldackel mit schwarz gesprenkeltem Kopf durch die Kurven, Jakob betonte, wie gut ihm der Ausflug getan habe.

«Nur mal Vater und Sohn, ohne die Damen!»

Er fühle sich frisch und erholt.

Von Süden strichen erste Lichtschauer über den See, der weniger grau wurde, und, wo das Licht auf das Wasser traf, beinahe weiß, schmale Schaumkronen zogen in parallel verlaufenden Wellen ans Ufer, dann endlich brach die Wolkendecke auf, klappte Jakob die Sichtblende herunter, glitzerte ein Feuchtigkeitsfilm auf den historisch nachempfundenen Laternen der Uferpromenade und auf dem Asphalt.

Vor der Villa lag ein Packen Briefe auf den Stufen, ich hatte es aufgegeben, Jakob von den Vorteilen eines Briefkastens zu überzeugen, und so war die Post trotz des kleinen Windfangs ein wenig vom Regen gewellt. Ich hob den Packen auf, Jakob nahm ihn mir umgehend aus der Hand, sodass keines der Adressfelder unter seinem Unterarm zu erkennen war, ein Hochglanzmagazin rutschte in den Kies.

«Seit wann liest du *Monopol*?»

«Ach, das Abo ist noch von ihr. Vielleicht ist sie ja auch mal drin –»

Ich hob das Magazin auf und reichte es ihm hinüber. Kunstzeitschriften dienten in meinen Augen vor allem ratlosen Menschen, die unter ihrem Geld, ihrer Einsamkeit oder unter beidem zugleich litten; unwahrscheinlich, dass die Herausgeber dieser Zeitschriften sich für ihre Tiffanylampen und Lötwesen interessierten, für die Messingechsen und Rundrohrtrolle und Silberlurche, deren Prototypen im Kleinen Existenzenpark auf der Terrasse ausgestellt waren.

«Mit ihrer Bastelei?»

«Sie selbst ist eine Kunst für sich.»

Hinter dem Bullauge waren die Platanen von beinahe horizontal einfallendem Abendlicht angestrahlt worden, wenige Minuten nur, hatten ihre Farbe dann an den Himmel abgegeben, bis auch der immer grauer geworden war und sich nur noch wenige Schemen unterscheiden ließen, von Stämmen und Ästen und einem zerfasernden Wolkenband, und ich mich in der runden Scheibe zu spiegeln begann, die Aussicht dahinter verwahrte sich in einem schwärzer werdenden Raum.

Jakob hatte sich in den ersten Stock zurückgezogen, er schlief bald mehr, als er wach war – wenn er denn wirklich schlief und nicht viel zu fit dazu war.

Auf einmal doppelten weibliche Gesichtszüge mein Spiegelbild, Augenpaare, Nasenspitzen, Wangenbögen verschmolzen zu einer androgynen Mischung, dann kam das andere Gesicht näher, berührte von außen die Scheibe, Alma schien auf ihren Zehenspitzen zu balancieren, um in die Villa hineinsehen zu können, das Bullauge rahmte passgenau ihren Kopf.

Wo ihre Nase gegen das Glas stieß, entstand ein hellbrauner Kreis, Alma zwinkerte mir zu, einen Moment glaubte ich, ihre getuschten Wimpern gegen die Scheibe klicken zu hören, ich wollte ihr die Terrassentür öffnen, sie schüttelte energisch den Kopf – «Noch nicht!» –, hinter mir näherten sich Schritte.

«Genießt du das Panorama?»

Jakobs Frage klang nicht verschlafen, eher belustigt, als hätte ich mir vor dem dunklen Bullauge bereits ein Beobachtungskissen unter die Ellbogen geklemmt.

«Dottor Saporito schickt mich», flüsterte Alma, als die Tür endlich aufschwang. «Er behauptet, Sie seien ein guter Mann?»

Jakob musterte sich im Glas der Terrassentür, zeigte fragend auf sich, als könne er nicht glauben, dass Alma im Zusammenhang mit Güte tatsächlich von ihm sprach, gut sei er früher mal gewesen: «Verirrt und verwirrt war ich da, aber nun kommen Sie doch bitte herein!»

Sie wehrte ab, fragte, ob er hin und wieder Hilfe benötige, beim Zubereiten kleinerer Schweinereien etwa, falls Dotto einmal verhindert sei?

Ich mochte das Spiel nicht.

Im Gegensatz zu Karen, die schon vor meiner Geburt dem Universum meines Vaters angehört hatte, war Alma erst vor zwei Jahren zu diesem erhabenen Zirkel hinzugestoßen. Karen ließ keine Gelegenheit aus, ihr diesen Praktikantenstatus vorzuhalten, sobald Alma wieder nicht wusste, wo Jakob die angelaufenen Silberteelöffel verstaute, welche Kaffeevariation er am liebsten aus dem Wunder ließ, welchen der täglich eintreffenden Briefe er lesen würde und welchen man besser hinter seinem Rücken ins Altpapier warf; allerdings hielten sich Alma und Karen ohnehin nur selten gemeinsam in der Villa auf.

«Ich such nämlich grad einen Job –»

«Sie wollen hier kochen, nur weil Sie keinen Job haben?» Er klang, als empöre ihn weniger Almas Anfrage, als das System dahinter, das sie zur Lohnarbeit zwang. «Dann müssen Sie hier nichts zubereiten, dann bekommen Sie das Geld einfach so!»

«Sie glauben doch nicht, dass ich Geld fürs Nichtstun annehme?» Alma hatte noch immer nicht die Villa betreten, setzte aber einen Fuß auf die Schwelle, wo ihr Lederstiefel auf dem Businesssocken zu stehen kam, der Jakob einige Zentimeter über seine rechten Zehen hinaus reichte, Jakob versuchte, ihr zu entkommen, der Stoff längte sich, lächelnd hob Alma den Kopf.

Endlich fielen sich beide in die Arme, er zu ihr hinunter gebeugt, sie zu ihm hinaufgestreckt, sie hatten nur ein knappes Pflichtprogramm bemüht, die Kür ausgelassen, weder hatte er das Portemonnaie gezückt, noch war sie in Theatertränen ausgebrochen, ihre Lederjacke knirschte, und aus meinem Magen wich eine Anspannung, die kaum von Übelkeit zu unterscheiden war.

«Hallo, Alma», sagte ich.

Sie setzten sich Küsse auf die Wangen, links und rechts und noch einmal links, und ich könnte nicht schwören, dass sich nicht auch ihre Lippen streiften, kurz und mit Absicht oder auch nicht.

«Du hier?»

Alma hatte die Führungsriege eines ortsansässigen Waggonbauers in Wirtschaftsenglisch geschult, bis alle weiteren Aufträge an eine Muttersprachlerin gegangen waren, die Alma nie zu Gesicht bekommen hatte und hinter der wir das krisenbedingte Aus des Sprachprogramms vermuteten. In einer eidgenössischen Bar war sie dem Dottore begegnet, dann in einer badischen Beiz, auf der Suche nach einem Übergangsjob, sicher sei es schwierig, ohne deutschen Pass eine Arbeit zu finden, hatte Dotto bedauert und der gebürtigen Oberschwäbin gar seine Hilfe bei einem Asylverfahren zugesagt. Er selbst könne ihr auch keinen Job anbieten, vielleicht aber sein Freund, Jakob mit Namen, und ob sie nicht mit ihm noch eine Schorle –

Der folgende, erste Dialog mit Jakob war zum Ritual jeder weiteren Begrüßung geworden, inzwischen hatten Alma und er ein komplexes System entwickelt, nach dem sie nicht dafür bezahlt wurde, dass sie etwas für ihn tat, nach dem sie vielmehr ihm Geld gab, das er ihr dann schenkte, wobei sie nicht für ihn kochte, er das Geld aber verdoppelte, sofern sie Juju mitbrachte, ich blickte nicht ganz durch.

«Was riecht denn hier so?»

Sie stellte eine mundgeblasene Langhalsflasche mit der scharf schmeckenden, kristallklaren Flüssigkeit auf den Tisch, bei der es sich um einen Schnaps und nicht um eine Droge handelte, wie Alma mit einer Ausdauer wiederholte, dass nur das Gegenteil der Fall sein konnte, vorsichtig füllte sie unsere Anakondatassen, verschüttete nicht einen Tropfen dabei.

Eine Frau, die schwarz war, keine Festanstellung hatte und noch dazu hochschaftige Lederstiefel trug, wurde in Jakobs Hirn zu einer Überlebenskünstlerin erster Klasse, er selbst bestückte neben Hospizkassen und Sozialversicherungen auch Unfallkassen und Brandschutzversicherungen mit seinen Beiträgen. «Was ich zu viel hab, hast du zu wenig, warum gibt man dir keinen Vertrag?»

So war es Dottos übereifriger Anteilnahme einer dunkelhäutigen Frau gegenüber zu verdanken, dass nun auch sie der Damenwelt meines Vaters angehörte, dem peinlichen Missverständnis um ein in Plastik geschweißtes Nichts. «Dieser aufgeblasenen Bedeutungslosigkeit», wie Jakob sich ausdrückte. «Meiner urdeutschen Identität», wie Alma darauf antwortete, wobei ich ihrer Sprachmelodie ein ums andere Mal verfiel.

Almas aktiver Wortschatz übertraf den meinen um Wendungen wie *Kräusellippe* oder *Chaoskönig*, womit sie sich im einen wie im anderen Fall auf Jakob bezog, aus manchen ihrer Silben war ein schwäbisches Alemannisch herauszuhören oder vielleicht auch ein alemannisches Schwäbisch, aus manchen aber auch nicht.

Ich betrachtete Alma von der Seite, über einem eher flachen Bauch überraschte sie mit einer derart präsenten Wölbung, dass ich schon in manchem Moment gezweifelt hatte, ob nicht hierin und weniger in ihrer Suche nach Arbeit der Schlüssel zur Freundschaft zwischen ihr und Jakob zu suchen war.

«Schon wieder Schweinereien?»

«Nur zwei, drei kleine Hödchen», beschwichtigte Jakob. «Neue Runde Jujukaffee?»

Ich hielt die Hand auf meine Tasse, einen archaisch ausgehöhlten, handlasierten Tonklumpen, dessen Griff angeblich eine verfettete Anakonda darstellte und der im Rahmen einer kleineren Schlangenserie neben Boaschalen und dem großen Kobraspiegel im Foyer entstanden war.

«Aber Frauenbesuch hattet ihr nicht?»

Jakob schüttete sich Kaffee mit Juju in den Rachen, seine Augen tränten, die Mischung war kochend heiß. Ich reichte ihm ein Glas Wasser, er spülte lieber mit Juju nach.

«Also Karen!»

«Er hat sie erfolgreich vertrieben.»

Jakob klopfte sich auf die Brust, als wäre er stolz darauf, vielleicht brannte auch nur seine Speiseröhre vor Hitze und Alkohol, Alma gab einen Ausruf von sich, den ich eher ornithologisch verortet hätte, sie streckte sich und zupfte ob der unerwarteten Konkurrenz an ihrem Bustier.

Solche Locken könne man doch nicht an jede verschwenden!

Nun ging das wieder los.

Jakob sollte sich besser kahl rasieren, wenn das Alter es nun einmal so gut mit ihm meinte und ihm den schwarzen Lockenkopf eines Jünglings schenkte, lange würden die Damen sich nicht mehr mit Blicken begnügen, sondern auch ihre Hände ausstrecken. Von hinten sah er aus wie fünfunddreißig, er brauchte dringend eine melanomgepunktete Platte, aber er rieb sich auch noch Klettenwurzelöl ins Haar und begab sich mutwillig in Gefahr.

Er warf mir einen verschwörerischen Blick zu, hielt sich den Zeigefinger an die Lippen und ging ins Bad. Kaum dass er die Tür hinter sich geschlossen hatte, fasste mich Alma am Arm: Wie lange sich Karen in der Villa herumgetrieben habe? Ob sie auch in den ersten Stock vorgedrungen sei?

Was sie mit ihm besprochen habe und wie viele Flaschen getrunken?

«Schön, dich wiederzusehen, Alma.»

«Nun sag schon!»

«Schicke Lederjacke hast du da!»

Sie strich sich an Schultern und Armen über das Leder, im Bad stürzten Shampooflaschen und Cremetigel auf die Fliesen, wahrscheinlich hatte Jakob den überbordenden Kunstspiegelschrank geöffnet, in dem seit nun schon sechsundzwanzig Monaten *ihre Pinsel und ihr Puder* einstaubten, bewacht von einem langmäuligen Flachblechdrachen und einem Heer Tiffanyseepferdchen aus blauem Glas.

Alma nahm Jakobs Hightechtelefon in die Hand, drückte auf den Knopf für die Wahlwiederholung, auf die beiden ineinander geschobenen Ringe, die dem Symbol für Ehe ähnelten, ich wusste, dass sie nicht Karen und auch sonst keine Frau, sondern einen der blassen Jungs vom Pizzaservice erreichen würde, bei denen Jakob eine Zweiliterflasche toskanischen Landweins bestellt hatte, nachdem der letzte Barberavorrat in den Gefäßen seines gestählten Körpers verschwunden war.

«Alma, du machst dich doch lächerlich!»

Ihr blieb nur die knappe Sekunde, in der *Joey's Single Service* einen Guten Tag wünschte, um ihren Verdachtsirrtum zu erkennen, dennoch bestellte sie drei Calzoni, als sei das ohnehin der Grund ihres Anrufs gewesen; kaum hatte sie aufgelegt, schlenderte Jakob an den Tisch zurück.

«Oder soll ich doch lieber kochen?»

«Es ist eine Schande, dass die eine Hälfte der Menschheit die andere Hälfte bedient, nur weil die eine Hälfte der anderen keine Arbeit gibt. Du kochst hier auf keinen Fall. Wir unterlaufen das imperialistische System!»

«Ich koche nur dann nicht», sagte sie, «wenn ich auch kein Geld dafür kriege. Sonst stell ich mich sofort an den Herd.»

«Aber wir kriegen doch Pizza?», sagte ich.

«Immer dieser Realismus!»

«Jakob – ?»

Er war nicht auf der Toilette gewesen, hatte sich eher die Haare geglättet oder zumindest genässt, er blickte auf seinen Schoß, als stünde er durchaus nicht im Mittelpunkt unseres Interesses, kramte in seinem Geldbeutel und sortierte Scheine, freute sich bereits auf den Moment, in dem er den Pizzaboten mit einem unpassend hohen Trinkgeld überraschen würde, das gehörte zu seinen Lieblingsbeschäftigungen.

«Ohne Locken siehst du ja fast – noch besser aus!»

«Könnt ihr euch nicht ein einziges Mal um euch selbst sorgen? Muss sich hier immer alles um mich drehen?»

«Was hat er denn?», fragte Alma.

«Er fürchtet, wir spionieren ihn aus.»

«Alma, hör mir mal zu. Das ist doch nicht normal, dass mein Sohn hinter mir herwischt und mir freiwillig die Küche putzt!»

«Besser er als sie.»

Alma formte die Finger ihrer rechten Hand zu einem Victoryzeichen und führte sie sich an den Mund, inhalierte übertrieben schnell nicht vorhandenen Rauch, sie reckte ihr Kinn in die Höhe und versuchte, eine leicht blasierte Miene aufzusetzen, die sich in ihren Gesichtszügen nicht recht verankern ließ. Endlich klingelte der Pizzabote, Jakob lief sofort zur Tür.

«Karen streunt hier manchmal durchs Haus, als wär es ihrs! Wenn du weg bist, ist es noch schlimmer.»

«Was hab ich ihm eigentlich getan?»

«Ach, der hat nur ein schlechtes Gewissen.»

«Ja, stimmt so», hörten wir Jakob im Foyer, «der Rest ist für Sie!»

Wir aßen schweigend, Jakob gierig, Alma ohne Appetit. Als nur noch die verbrannten Pizzaränder auf den fleckigen Calzoneboxen und ein Geruch nach Oregano und Oliven von unserer Mahlzeit zeugten, trübten sich Almas Augen, sammelten sich Tränen zwischen ihren Wimpern, wurde es still.

Die sei doch viel zu alt für ihn, was er nur an der finde?

Ich schenkte ihr Juju ein und hoffte, dass Jakob nicht «zur Verdauung!» sagen würde, Almas Augen wurden sehr rund und sehr groß, ich sah gerade noch, wie der Juju in ihrem Tonschlangenbecher eine winzige Haube bildete, zu spät setzte ich die Flasche ab, die Oberflächenspannung zerplatzte, der Schnaps lief auf die Tischplatte und eine erste Träne über Almas Haut.

«Zur Verdauung!», sagte Jakob.

Er holte mehrere Papierservietten, faltete aus der obersten ein Schiff und ließ es zu Alma hinüber schwimmen, lächelnd trocknete sie ihre verweinten Augen. «Ich hab kurzen Prozess gemacht: Tür auf, Frau raus, Tür zu.» Er brummelte etwas, in dem das Wort «Erpressung» auftauchte, was ich trotz aller Mühen nicht in «Espresso» umdeuten konnte, er trank seinen Juju nun pur.

Ich knüllte das nassgeweinte Papierserviettenschiff in die Pizzakartons, sog Luft dabei ein, statt Alma roch ich nur Schinken und Öl und Käse; hoffnungsvoll leckte ich mir die Finger ab, aber die Tränen schmeckten eher nach Imprägnierspray und Salz.

«Wie eine Katze!», höhnte Jakob.

Er zündete Teelichte an, wobei er das Feuerzeug so lange am Brennen hielt, dass der Feuerring aus Aluminium mit einem müden Nicken vom schmelzenden Plastik rutschte; ich deutete auf die Tiffanylampe.

«Pack doch mal mehr Watt da rein!»

«Bekommt dem Zinn nicht.»

Jakob strich über das Glasschilf und den Glassee der Tiffanylampe; Iris hatte eine ganze Serie davon hergestellt und bundesweit auf Kunstflohmärkten vertrieben, die Lampe war neben ausgesuchten Bewohnern des Kleinen Existenzenparks eines der wenigen Modelle, mit denen sie soviel verdient hatte, dass auch Jakob die eingenommene Summe als Geld bezeichnete, auf Einladungskarten und Werbeplakaten war ihr Portraitfoto stets neben den zwiebelförmigen Lampenschirmen abgebildet, neben Silberlurchen und Messingschlangen und Eulen aus Kupferfalzblech.

«Wohnst du noch immer im Bismarckturm?», fragte ich, bevor Alma die Sprache auf meine Mutter bringen würde.

«Da zieh ich nicht wieder aus!»

«Und unterrichtest du denn wieder?»

«Sie ist jetzt bei Moritz Winter –»

Jakob sprach den Namen aus, als handle es sich um einen gesuchten Kinderschänder. Moritz Winter wohnte an einer schmaleren, betonfreien Lagune des Sees und hatte Jakobs berufliches Engagement schon als Irrung und Wirrung belächelt, als der sich noch um die Gesellschaft scherte, schließlich gab es allerlei Silber zu putzen, Rosenbeete zu jäten und Couchledernähte abzuwischen, und bei einem

Stundenlohn von zehn Euro schwarz vergab Moritz Winter derlei Aufgaben gern.

«Du gehst da nicht mehr hin!»

«Ich hab den Rasen gesaugt.»

«Gemäht», sagte ich.

«Gesaugt», sagte sie.

Seit der Birkenblüte verzierte Winters Rasen ein gelbbrauner Film, eine sandähnliche Staubschicht, die sich ebenso auf die Zufahrt und seinen vulgären, teutonischen Wagen gelegt hatte und bei Windböen teppichgleich über den Kies wehte, die Hauptblüte hatte zwei Wochen zu spät und umso verschwenderischer eingesetzt, Moritz Winter litt enorm unter der neuen Farbgestaltung seines durchkomponierten Gartens, er hatte gar eine spontane Birkenpollenallergie entwickelt und sich bis zum Ende der Nachblüte in seinem viergeschossigen Hausklotz verschanzt.

Statt hoffnungsvolle Nachwuchstalente des örtlichen Waggonbauers in Wirtschaftsenglisch zu unterrichten, hatte Alma zuletzt einen Großteil ihrer Lebenszeit auf gelblich schimmernde Fenstersimse und Türklinken verwendet, auf eingestaubte Scheibenwischer und Fensterkreuze, selbst der Winter'sche Fußabtreter aus Palmenfasern hatte die Farbe gewechselt; klopfte Alma ihn aus, färbte sich die schiefergetäfelte Zufahrt, fegte sie die Schiefertafeln, staubten links und rechts die Forsythien ein, Moritz Winter überwachte ihr Treiben hinter sicherem Wintergartenglas.

«Es war wie im Krieg!»

Ich fand ihren Vergleich nun doch etwas gewagt, zudem ich nicht wusste, ob sie ihre Bemühungen gegen die Natur oder eher ihr Verhältnis zu Moritz Winter umschrieb, zuletzt hatte sie die Briefkastenklappe gewischt und die

Forsythienblätter nass abgezogen, sie hatte die Birkenpollen auf dem Rindenmulch untergegraben und die Felgen sowie die kampfbereit hochliegende Karosserie des Lexusjeeps mit Seifenlauge geschrubbt.

Moritz Winter war hin und wieder mit einem Stofftaschentuch vor dem Mund in den Garten gekommen und hatte in den Briefkasten geblasen, bis eine gelbe Wolke aus dem Briefschlitz stob, er hatte die Schnellspanner der Jeepfelgen entfernt, unter denen sich gelbbraune Schmutzränder zeigten, und irgendwann hatte er den Staubsauger aus dem breitflächig verglasten Haus gezerrt, vielleicht hatte Alma recht, es war wie im Krieg.

«Du hast also wirklich – ?»

Alma nickte.

«Ich fahr da sofort rüber», sagte Jakob.

«Den ganzen Rasen?»

«Und die Forsythien.»

«Das verstößt gegen die Menschenwürde!»

Alma sagte: «Ach, die!»

Ich war mir nicht sicher, ob mein Vater Alma zum Abschied einen Schein zusteckte oder ihr nur an die Seiten fasste, ich wusste nur, wie warm Alma war, wie viel Wärme sie abstrahlte, noch durch die schwarze Lederjacke hindurch, ich hätte sie gerne länger im Arm gehabt, dann war sie fort.

«Du machst doch auch nichts anderes.»

Er winkte Alma hinterher, brauchte eine Weile, seine Aufmerksamkeit von der dunklen Gestalt draußen im Park auf mich umzulenken, als müsse er seine Augen erst mühsam scharf stellen.

«Fang jetzt bitte nicht an.»

«Du bestimmst doch auch, wann sie was kriegt und wie viel und wofür.»

«Du musst dich nur endlich einschreiben, dann kriegst du auch wieder was.»

«Jakob, ich brauch kein Geld.»

Er würde wohl niemals begreifen, dass ich nach meinem Zivildienst und der Zeit als Rettungsassistent kein Arzt geworden war.

«Ist die Couch denn in Ordnung?»

Er griff nach der Jujuflasche und schwenkte den Rest, dann fuhr er sich durch die Locken, ich schloss die Augen und öffnete sie, seine Haare waren immer noch nass.

«Findst du das witzig, was du hier aufführst?»

«Es ist ja nur Geld.»

Ich hatte von seinem Auftritt als Friseur gesprochen, von seinem Versuch, sich die Haare zu glätten, es strengte mich zu sehr an, das darzulegen und auszuführen und aufzurollen, meine Wörter kamen mir tumb vor, schienen Jakob ohnehin nicht zu erreichen.

«Gute Nacht!»

«Was ist denn los mit dir?»

Wahrscheinlich erinnerte er sich bereits nicht mehr daran, wie er mich empfangen und des Sockenstopfens verdächtigt und Karen aus dem Haus geworfen hatte, wie er zuvor meinen Geburtstag um einige Stunden verpasst und dann eine Nachricht getippt hatte, die dermaßen spät in der Nacht eingegangen war, dass ich mir vorstellen konnte, nach wie vielen Flaschen Wein Alma oder Karen ihn dazu gedrängt oder den Text gar selbst verfasst hatten.

Mein Geburtstag war nicht der erste in einer Reihe von Festtagen gewesen, die ich nicht mit meiner Marie, sondern mit Bastian verbracht hatte, auch an Wochenenden meldete ich mich freiwillig, übernahm die sonnabendliche Nachtschicht nur zu gern. Er war mir gleich morgens in einem der leuchtenden Hawaiihemden, mit denen ihn seine Exfrau versorgte, um den Hals gefallen und hatte mir eine Kuchenfertigmischung entgegengestreckt, es war Schwarzwälder Kirschtorte, mit Schuss.

«Du musst nur noch ein Ei reintun.»

«Wir können ihn ja zusammen backen?»

«Meine Finger, die zittern doch so!»

«Ich hab das Gefühl, du führst mir was vor. Was ist nun mit Karen?» Man erreiche ihn nicht mehr, er komme und gehe, wie es ihm passe, verhalte sich aggressiv und ziehe sich dann wieder zurück. «Du bist doch nicht allein auf der Welt!»

Jakob wand sich schmerzverzerrt unter der für seinen Geschmack sicherlich zu lahmen Attacke, die Augen zugekniffen, beide Hände zur Abwehr vor dem Kopf verschränkt, spielerisch nur, natürlich wieder nur spielerisch, ein Stöhnen löste sich aus seinem Hals.

«Und wie du schon wieder aussiehst!»

Von wem er sich eigentlich abgrenzen wolle? Mit seinen Dandyanzügen? Bügelfalten? Manschettenknöpfen?

Seine Miene hellte sich auf, er wirkte belustigt, offensichtlich gerate hier etwas durcheinander, er sei nicht adoleszent und auch nicht schwer erziehbar, er klopfte mir auf die Schulter, mein Ratgeberslang sei ja ganz niedlich, wirke aber noch etwas einstudiert.

«Hast du dich bei Wikipedia vorbereitet? Du musst mal lernen, wie man ein eigenes Leben lebt!»

Allem voran dürfe ich nicht eifersüchtig werden, mit Karen und Alma habe er schon Ärger für drei. Nicht er verhalte sich wechselhaft, seine Umwelt gestalte sich so, die daraus resultierenden Intrigen schüre er unfreiwillig, er begehe seine Tage wie irgendein Mann seines Alters, und wenn sich dabei alle um ihn reihten, bedaure er das genauso wie ich!

Er nahm ein oxidiertes Miniaturmessingkrokodil mit traurigen Diodenaugen vom Fensterbrett, berührte mit der Zeigefingerkuppe Zacke für Zacke des Krokodilschwanzes, der Grad an Schneidigkeit schien ihn nicht zufriedenzustellen, er stülpte die Lippen vor und zog eine Nagelfeile aus seinem Jackett, schliff ein wenig an den Krokodilschwanzzacken herum, wobei er die Winkel eher flachzufeilen schien, als spitzzuschleifen, die Wertigkeit des Messings lag im untersten Bereich.

Ob ich jetzt, da alles zwischen uns wieder geklärt sei, noch einen Juju mit ihm trinke?

Ich musste schmunzeln.

Es wurden drei.

Auch in der zweiten Nacht fühlte ich mich nicht müde, ich streunte durch das Haus und dann durch den Park. Die Nacht war viel zu lau, ohne jeden Luftzug, der Regen auf Stauden und Blättern getrocknet, nur vom Boden stieg weiterhin Feuchtigkeit auf. Selbst im Dunkeln glänzten die Chromteile des Wagens im Carport, einer Déesse mit langgezogenen Kotflügeln und kreisrunden Doppelscheinwerfern, die zum Zeitpunkt des Kaufs ein einfacher Gebrauchtwagen gewesen war und sich mehr als zwanzig Jahre danach zum gelisteten Oldtimer gemausert hatte; Jakob litt unter einer Art Wartungszwang dem Auto gegenüber und nannte es ausschließlich *Ihre Majestät*.

Ich verließ den Vorplatz und folgte dem Pfad, der zum See hinunter führte, auch hier war der Boden von Wildschweinen aufgerissen, womöglich in dieser Nacht, die Erde roch frisch, ich hoffte, keinem der Tiere zu begegnen. Sobald ich das Blätterdach der Platanen hinter mir gelassen hatte, tat sich das Firmament auf, mit dem Flaum junger Gräser davor, geschlossene Blüten von Kornblumen und Klatschmohn, ich bildete mir ein, ihre Farben zu sehen, aber sie waren nur schwarz oder grau.

Am Ufer suchte ich flache Kieselsteine und ging mit ihnen auf den Steg. Ich warf die Steine aus dem Handgelenk aufs Wasser, sie gingen allesamt unter, ohne ein einziges Mal wieder aufzuspringen. Nicht einmal die Schwäne wurden wach. Ich konnte auch nicht freihändig Rad fahren und keine Bierflaschen an Öleinfüllstutzen öffnen, ich konnte nicht einmal Feuer machen mit Brennglas und Stroh. Als ich ein Junge war, hatten die Adern unter der blassen Haut meiner Schläfen hindurchgeschimmert, bei einem Mädchen hätte er das vielleicht akzeptiert.

Als kein flacher Kieselstein mehr am Ufer zu finden war, ging ich schlafen. Die Villa atmete Feuchtigkeit aus und erschreckte mich mit ihrer aufdringlichen Stille. Die Messinginstallationen im Flur ruhten finster im Halbdunkel. Fröstelnd zog ich das Laken auf der Couch zurecht, der starke, fast metallene Ledergeruch bereitete mir Kopfschmerzen. Jakob hatte nie Aspirin zu Hause, ohnehin hätte ich nicht darum bitten können, ohne seine mit emporgezogenen

Augenbrauen vorgetragene Nachfrage zu erdulden, ob die Rosshaardecke auch Asthma auslöse und das Laken gar eine Nesselsucht?

Mit den Fingernägeln fuhr ich die Nahtrillen auf der Armlehne entlang und wartete auf zitternde Schatten und knarzende Türschwellen, alles blieb still. Ich dachte an Alma. Ich dachte an meine Marie. Ich berührte mich nicht.

Es war eine dieser Nächte gewesen, in denen der Osten der Stadt sich feindlich zeigte, Kohlegeruch in der Luft, vom Dauerregen rutschig gewordenes Pflaster, die Scheiben der Bierkneipen beschlagen vom Dampf der Espressomaschinen, vom Trocknen der Jacken und vom Atem der Trinker. Ich kann nicht sagen, ob es wirklich Nacht gewesen war oder noch Abend oder längst schon beginnender Morgen, die Stadt verfiel bereits vor der Dämmerung einer maßlosen Dunkelheit und wurde am Morgen nicht hell.

Der Regen und das Wissen, nicht an einen derart schwammigen Ort zu gehören, ließ die Feiernden schneller trinken, die Trinkenden schneller von ihren Barhockern kippen, die Umgefallenen schneller bewusstlos werden, und unter den Holunderbüschen am Kanalufer und in den Rinnsteinen vor den Eckkneipen mischte sich aufgestauter Regen mit Lachen aus Bier und Urin.

Seit es zu regnen begonnen hatte, war Marie kaum mehr von ihrer Heizung gewichen, kauernd und noch unter den türkisfarbenen Polyesterstulpen zitternd las sie den *Alexanderplatz* oder fleckige Sammelbände expressionistischer Lyrik oder was immer die Studienordnung ihres Erasmusprogramms gerade von ihr verlangte. Was bedeutet *Dussel?*, Wo ist die Rosenthaler Straße?, *Ich werd schon mit ihm fertigwerden*: Sagt man das auch heute noch?, ich antwortete und versorgte sie mit Keksen und Tee.

Nur mit der Aussicht auf einen *Pernod* oder besser noch einen *Ricard* war sie aus dem Haus zu locken gewesen, allein die Namen der Marken schienen sie zu wärmen, was bei der eiswürfelklimpernd kühlen Serviertemperatur des Anisschnapses eher verwunderte, sie aber verband weiße Kaffeehausstühle aus Hartplastik damit, in ihrer Straße, mit Blick auf den Alten Hafen, dahinter die Inseln, das Meer.

Ich hatte den Regen gemocht dafür, dass er Marie mir nahebrachte, als wir den unbeleuchteten Treidelpfad am Kanal entlangliefen, für die dauerwerbenden Dealer, die aus den Büschen traten, nichts als zwei weitere Schemen, ein größerer, ein kleinerer; mein nach wenigen Schritten durchweichter Parka um Maries in solchen Momenten stets zu schmalen Rücken gelegt.

Das Toilettenhäuschen neben der Kottbusser Brücke hatte sie vor mir entdeckt, die Automatiktür bis zum Anschlag aufgeschoben, blendendes Neonlicht drang aus dem Innenraum, der Verriegelungsknopf blinkte hektisch und rot. Der Mann, der am Boden lag, ragte mit dem Kopf in den Regen hinaus, seine Beine im Inneren der Kabine waren gespreizt und verdreht, der Gürtel geöffnet, die Hose geschlossen, um den Schritt war die Jeans vor Nässe fast schwarz.

Ich machte mich von Marie frei, rannte zu der Plastikkabine und kniete mich neben den Mann. Ich hatte ihn älter eingeschätzt wegen seines Vollbarts, nun sah ich, dass er erst um die dreißig war. Er lag still, nur die Augen bewegten sich unter den Lidern, ich rüttelte an seiner Schulter, schlug ihm links und rechts mit der flachen Hand auf die Wangen.

«Können Sie mich hören?»

Mit dem Daumen öffnete ich seinen Mund, er hatte sich nicht erbrochen, ich beugte mich zu ihm hinab, bis mein Ohr über seinem Gesicht lag, spürte seinen Atem, kaum dass ich ihn hörte, vom Alkoholgeruch wurde mir übel, dazu der Gestank nach Ammoniak und nach Desinfektionsmitteln, der Brustkorb bewegte sich auf und ab.

«Wir sind hier, um zu helfen. Können Sie mich hören?»

Ich schob den Kragen seiner Windjacke herunter, suchte den Puls der Halsschlagader, rechtsseitig des Adamsapfels war nichts zu spüren, ich grub Mittel- und Zeigefinger in die Mulde linkerseits, der Puls war tief, aber nicht besorgniserregend.

«Willst du nicht einen Krankenwagen rufen?»

Marie hatte nun auch das Toilettenhäuschen erreicht, sie stand zitternd hinter mir, im Nieselregen, auf einem Gullydeckel, unter dem das Abwasser rauschte, das Neonlicht ließ sie künstlich erscheinen, ihr Haar blonder, als es war, ihre Polyesterstulpen hatte sie zu einem Tunnel zusammengesteckt, die Hände darin verschränkt.

«Die machen auch nichts anderes.»

«Du hast nicht mal Gummihandschuhe.»

«Er blutet auch nicht.»

Ich streckte die Beine des Mannes, er gab unwillig trunkene Geräusche von sich, ich winkelte seinen linken Arm an, dann packte ich den rechten am Handgelenk, kreuzte ihn vor seiner Brust, und legte ihm die Handfläche an die Wange, griff über ihn hinweg und beugte sein rechtes Bein, zog es zu mir herüber, wobei ich den Körper auf die Seite drehte, bis der Oberschenkel im rechten Winkel zur Hüfte lag. Dann streckte ich seinen Hals in den Nacken, aus seinem Mund rannen Magensäure und Speichel, der Mann räusperte sich, die Reflexe funktionierten.

«Warum rufst du nicht einfach einen Krankenwagen!»

«Zieh an seinem Bein. Das untere muss gestreckt sein. Er ist sonst nicht stabil.»

«Ich kann das nicht.»

Blaulicht kreiste hinter mir, warf Schatten auf die graue Vollplastikkabine, vor der ich noch immer kniete, ein Transporter beschleunigte, Autos fuhren hochtourig zur Seite, dann ging das Martinshorn an, ich drehte mich um. Ein Mannschaftswagen raste an uns vorbei, die Autos schlossen sich umgehend hinter ihm wieder zu einem Strom zusammen, brausten durch das Wasser, das zentimetertief in den Fahrrillen der Kottbusser Brücke stand, rote Rücklichtschlieren auf der einen Seite, blendende Scheinwerfer auf der anderen, Marie kauerte zusammengesackt an der Außenwand der Kabine.

«Ich ruf jetzt einen Krankenwagen, wir warten, bis er kommt, und dann hauen wir ab. Er hat Puls, er atmet, er schläft einfach nur seinen Rausch aus, und mir ist kalt.»

Sie zog ihr Handy hervor, ich schlug es ihr gezielt aus der Hand, es fiel in den Matsch. Marie schrie auf, der Kranke kam zu sich.

«T'es malade!»

Der Mann fasste neben sich, als suche er etwas, ein Zittern ging durch seinen Körper, er hob den Kopf, versuchte sich aufzustützen, ich griff ihm unter die Arme, zog ihn an den Kabinenrand, er schaffte es, den Oberkörper aufrecht zu halten.

«Was haben Sie genommen?»

Er war nicht annähernd so betrunken, wie ich erwartet

hätte, wahrscheinlich hatte er nach einem Amphetaminschock Benzodiazepin nachgeworfen und darüber den Alkohol nicht vertragen, vor meiner Zeit im Heim hatten wir diese Fälle, die uns Freitag- und Samstagnacht die Notrufleitungen verstopften, Achterbahnfahrer genannt.

«Gehtschonwieder», nuschelte er und schloss seinen Gürtel.

«Wo wohnen Sie?»

Er machte eine unbestimmte, aber nicht allzu ausladende Armbewegung.

«Hier im Kiez? Also los!»

Ich drehte mich um.

Marie war fort. Ich brachte den Mann nach Hause. Er torkelte ein wenig, hatte keine Kraft in den Beinen, fiel aber nicht mehr, in gleichmäßigen Abständen ruhte er sich auf Stromkästen und Pollern aus. Er dirigierte mich gleich hinter den Kanal, hatte eine große, renovierte Wohnung. Seine Freundin war erleichtert, ihn wiederzusehen, sein Zustand verwunderte sie nicht. Sie wollte mir fünfzig Euro geben. Auch den Kaffee schlug ich aus. Marie war nicht in der Bar an der Brücke und nicht auf dem Caféfloß am Kanal, ich fand sie schlotternd und mit blauen Lippen bei ihr zu Hause im Bett.

«Komm zu mir unter die Decke, Jesus. Mir ist kalt!»

«Es tut mir leid, Marie.»

«Entschuldige dich wenigstens nicht auch noch dafür. Und nun komm!»

Keine Ahnung, wie viel Uhr es war, als ich in den Salon der Villa schlich, tastend bewegte ich mich durchs Dunkel, auf der Suche nach Ablenkung oder nach einem nächtlichen Glas Tee. Es roch nach Schnaps und nach Kerzen, deren Dochte schwelend erloschen waren, vermischt mit Tabakqualm – die guten Zigarillos?, wunderte ich mich – nur der rot leuchtende Einschaltknopf des Kaffeewunders bot eine vage Orientierung im Raum.

Enjoy Your Coffee With Saeco, zog in Laufschrift über das Display, auch die Schrift war rot, vermochte aber nicht, das Zimmer zu erleuchten, ich hörte ein leises Schnauben, das eher einem Menschen als einer Maschine zu entstammen schien, in meinen Ohren sirrte der Puls.

Stille. Dann wieder das Schnauben.

Schlafgeräusche?

Tiefschlafgeräusche, schwer und entspannt. *Espresso, Cappuccino And Latte Macchiato From One Source.* Ich fixierte den Punkt, an dem ich den Esstisch vermutete, kniff die Augen zusammen, erkannte einen dunklen Körper, dann wurden zwei daraus, der eines Mannes und der einer Frau. Gerade als ich zu verstehen begann, ging die Laufschrift aus und wieder an und erlosch dann ganz. Alma war also zurückgekehrt. Es war nun absolut still.

Draußen hatte der Mond einen Kampf mit den Wolken gewonnen, er leuchtete, als wolle er mich aus dem Zimmer locken, das weiterhin im Dunkeln lag; dann hörte ich wieder das Schnauben, leise und schläfern, die Laufschrift setzte sich erneut in Bewegung, tauchte den Raum in ein mattes Rot, bot inzwischen ausreichend Helligkeit für meine geweiteten Pupillen.

Alma und Jakob waren Kopf an Kopf auf die Tischplatte gesunken, sie schienen einander anzulächeln, tatsächlich aber hatten beide die Augen geschlossen. Almas glatte Haare verwoben sich mit Jakobs schwarzen Locken, er hielt Alma an der Hand oder sie ihn, ich beugte mich über ihren

Körper, ihr warmer Atem streifte meine Shorts. Ihr Gesicht sah jung aus, sie bewegte ihre Lippen, als wolle sie ihre Träume mit mir teilen, ich öffnete den Mund.

Mit einem Röcheln begann das Kaffeewunder seine Schläuche zu reinigen, ich riss den Kopf in die Höhe und Alma ihre Augen auf; sie streckte ihren Rücken, wobei ihre Haare über Jakobs Gesicht glitten und er ein knappes Lachen hervorstieß; sie entzog ihm ihre Hand wie eine kleine Kostbarkeit, hielt den Zeigefinger vor ihre in die Breite gezogenen Lippen.

«Süß, oder?»

Scharfer Jujugeruch erreichte meine Nase, Jakob ließ ein Geräusch vernehmen, für das er sechzig Jahre zu alt wirkte. Er schlief wie ein Baby, er konnte nicht einmal schnarchen, Alma legte ihre kleine Hand auf seine große Stirn.

«Träumt.»

Sie hauchte die Silbe mit einer Ehrfurcht, als habe sie soeben das Wunder des Lebens entdeckt.

«Alma –»

Überrascht sah sie mich an.

«Macht ihr das hier öfters?»

«Nicht oft genug.»

Er warf Karen aus dem Haus und rühmte sich dessen vor Alma, nächtigte mit ihr am Esstisch und fühlte sich von ihr verfolgt, trank mit Dotto Brüderschaft, aß mit ihm Spanische Nieren, um ihn im nächsten Moment nicht mehr zu beachten, er schloss sich mit Blumendraht ein und putzte sich heraus, als könne sein Publikum nicht groß genug sein –

Schon nach wenigen Minuten schlaflosen Wälzens auf der Couch hörte ich das Knirschen von Lederkleidung, roch kurz darauf Haarwachs und Imprägnierspray, erkannte langsam ihren Kopf, ihre Schultern, dann ließ Alma sich neben der Couch auf den Knien nieder. Sie wirkte, als käme sie nicht von einem Trinkgelage, sondern von einem Abendspaziergang, unter der Lederjacke trug sie noch immer nur das Bustier.

«Wollen wir schwimmen gehen?»

«Jetzt?»

«Sag nicht, du bist dafür zu alt!»

Sie stützte ihren Ellbogen auf der Couch ab, das Gewicht ihres Oberkörpers drückte eine Delle in die Sitzfläche, meine Beine gaben nach und verlagerten sich ein wenig in ihre Richtung, ich reagierte auf ihren Geruch, auf ihre Nähe, auf ihre ganze unheimlich greifbare Präsenz.

«Wie spät ist es denn?»

«Das ist doch nun wirklich egal!»

«Aber der See ist noch viel zu kalt.»

Alma strich mir durchs Haar, entgegen der Wuchsrichtung, bis mir Strähnen ins Gesicht hingen und den Blick versperrten, meine Kopfhaut war nach der Berührung stark elektrisiert.

«Zu alt, zu spät, zu kalt –»

«Zu alt hab ich nicht gesagt.»

«Dein Vater wär da nicht so zimperlich!»

«Dann geh doch mit ihm schwimmen.»

«Er schläft.»

Sie verbarg nicht, wie sehr sie sich freute, über sein Kleinkinderschnauben im Schlaf, seinen tiefenentspannten Kopf auf dem Ebenholztisch oder worüber auch immer; er ging auf Mitte sechzig zu, Alma war sicher noch keine vierzig, ich selbst gerade dreiundzwanzig geworden.

«Was findest du nur an diesen alten Männern?»

«Nun komm!»

Sie riss mir die Decke vom Leib, ließ ihren Blick meine Brust herab und über den bloßen Bauch zu meinen ausgebeulten Shorts gleiten, sie lächelte; statt sie auszuziehen, zog ich mich an, endlich fand ich die Jeans, streifte mir den Troyer über und griff nach einem Handtuch, folgte ihr durch das Foyer, am Kobraspiegel vorbei und aus dem Haus.

Platanen und Gräser und See waren eins geworden in der Nacht, ein leichter Nebel war aufgekommen, der die letzten Grenzen verwischte, erst nach einigem Tasten und Stolpern kehrte mein Gespür für Formen und Tiefen zurück; der Mond leuchtete kaum mehr, dichte Wolkenbänder durchkreuzten sein Licht, warfen massige Schatten, zogen vorüber, bereits von neuen gefolgt.

«Hast du überhaupt was zum Baden dabei?», wollte ich fragen, als Alma sich bereits in einer schnellen Bewegungsfolge von Lederjacke und Bustier, von Stiefeln und Jeans befreite, nackt watete sie durch den Schlick, der in hörbar aufplatzenden Bläschen unter ihren Schritten nachgab. Sie stand dann im Halbprofil vor mir, ihr Bauch und ihr Busen dunkle Schemen in dunkler Nacht, einen kurzen Moment fühlte ich mich leicht, Almas Gesichtszüge waren nicht zu erkennen. Aus dem Schlick trat Wasser hervor, das noch kälter war als befürchtet, ich raffte die Hosenbeine nach oben, krempelte die Enden bis über die Knie, folgte Almas Fußstapfen, die ich um einige Zentimeter weitete. Ihren Arm hielt sie auffordernd nach mir ausgestreckt, doch als ich in ihre Reichweite gelangte und bereits bis zu den Schienbeinen im kalten Wasser stand, zog sie sich zurück und tauchte Haare und Kopf in den See, augenblicklich schnellte ihr Oberkörper wieder empor, zog eine kurz sprudelnde Fontäne mit sich.

«Alma, komm raus hier! Du erkältest dich.»

«Dann machst du mir eben Tee!»

Und Vitamine solle ich ihr holen, aus der Apotheke, und eine doppelte Länge gut riechender Mentholcreme in den Inhalator drücken. «Erkälten!», rief sie belustigt, zutreffender sei wohl, dass ich mich erhitze, sie drehte und wand sich ein wenig vor mir, hatte ausgiebig Spaß an ihrem unergiebigen Wortspiel, wider Erwarten rannte sie dann zurück, so gut es sich gegen den Strömungswiderstand des Wassers rennen ließ.

Sie rief nach mir, rief mich zu sich, ließ ihre Handflächen über die Seeoberfläche schnellen, strich sich am Ufer das Wasser aus den Haaren, wickelte sich in das Handtuch, das ich ihr reichte, hüpfte zwischen dem Schilfgras auf und ab, wurde augenscheinlich nicht wieder warm.

Sie begann zu sprechen, hastig und undeutlich, «war ja klar, dass», als habe sie mehrere Bahnen Brustschwimmen hinter sich, «du nicht reingehst», und nicht nur kurz ihren Kopf in den See getunkt, «Jakob wär rein!»

«Du hast dir auch nicht grad ein Abzeichen verdient.» Ich hatte wenig Lust, nur deswegen aus der kühlen Luft in das kalte Wasser zu tauchen, um Alma von etwas zu überzeugen, von meiner Jugend, von meiner Tapferkeit oder auch nur davon, dass ich es mit Jakob aufnehmen konnte, worin auch immer.

«Zu deiner Frage –»

Sie rubbelte sich trocken, ihr Busen schien unter dem Handtuch ein Eigenleben zu führen, in wenigen Sekunden war sie wieder angezogen.

«Er hat nie wissen wollen, wo ich herkomme –»

Wir stiegen den Pfad zur Villa hinauf, sie legte einen kalten, leichten Arm um meine Schultern, ihr Kinn zitterte noch.

«Es ist alles leicht mit ihm. Wo andere keine Lösung finden, sieht er nicht mal das Problem!»

Er habe sie nie auf Englisch angesprochen, auch nicht bei ihrer ersten Begegnung, andere Männer über fünfzig hielten das stets für galant. Er habe ein richtiges Leben hinter sich, auf der Straße, auf Demonstrationen, im Knast, und nicht nur eine dieser Plastikkarrieren der Männer ihrer eigenen Generation. Er sei informiert, über Ausbeutung und Angriffe und Abholzung – normalerweise seien die Menschen entweder uninformiert und gut drauf oder aber informiert und frustriert, er breche das endlich mal auf.

«Er ist nicht der Freund, den man nachts um vier anruft, er ist eher der Freund, mit dem man nachts um vier Spaß haben kann.»

«Er war nie im Gefängnis, Alma.»

«Hat er mir doch erzählt!»

«Er wär vielleicht gern mal drin gewesen.»

«Ach, du!»

Die letzten Sätze hatte Alma bereits auf der Couch gesprochen, auf der wir nun nebeneinander kauerten, ihr Liebeslob hatte die Kälte in meinen Gliedern weiter verstärkt. Ich wollte Alma auch ohne Erkältung einen Tee machen, aber sie befürchtete, der Lärm des Wasserkochers würde Jakob nur wecken.

«Das hört der doch nicht!»

«Wie geht es Bastian?»

Ich war überrascht, dass sie sich an den Namen erinnerte, sie schien es wirklich wissen zu wollen.

Er hatte mir nicht geglaubt, dass ich schon am Montag zur Nachtschicht zurückkehren würde, und mich über eine Viertelstunde lang aufgehalten. Ob ich mal die Wasserhähne im Bad überprüfe? Die flackernde Neonröhre im Flur austausche? Die Jalousien gerade biege? Sobald ich mich vergewissert hatte, dass die Hähne ohne zu tropfen das Wasser abdrehten, die Lampe im Flur gar nicht flackerte, vor seinem Fenster keine Jalousie, sondern eine Gardine hing, hatte Bastian den Kopf auf die Brust sinken lassen und sich geweigert, mir eine Gute Fahrt zu wünschen, als er mir zum Abschied ein einzelnes Gummibärchen schenkte.

«Er wird den Rest seines Lebens in diesem Zustand verharren, nicht ganz klar, nicht ganz umnachtet, um ehrlich zu sein, wüsst ich gern selbst, wie es ihm geht.»

Der Flur, in dem die Couch stand, war nach Osten ausgerichtet, hinter einem der Lichtschächte waren erste hellrosafarbene Cirruswolken zu sehen. Die Nacht um uns wurde weniger dicht, das Schwarz grau, ich erkannte den Lederjackenkragen, der neben mir aus Almas Decke ragte, den Schaft ihrer Lederstiefel, die sie ausgezogen und neben sich abgestellt hatte, und den Staub auf der Lehne der Couch.

«Und sonst?»

Ich wusste nicht, wie sie das meinte.

«Marie –»

«Sie ist wieder in Frankreich.»

«Hast du denn meine Nachricht bekommen, an deinem Geburtstag?»

Ich wollte gerade verneinen, als ich begriff, dass sie von Jakobs Nachricht sprach, der Text war also tatsächlich von ihr.

«Habt ihr auch Weihnachten zusammen gefeiert?»

«Da war eine Andre schneller.»

Am Telefon hatte er mir erzählt, er habe Weihnachten allein oder vielmehr zusammen mit einer Rotweinflasche gefeiert, mein Angebot, ihm Gesellschaft zu leisten, hatte er ausgeschlagen, er brauche keine Betreuung, ich solle bei meinen Freunden bleiben, nach diesem Satz hatte er eine Pause gemacht, und im Anschluss an das Telefonat hatte ich ein zweites geführt, mit unserer Personalabteilung, die Schicht war noch frei.

«Es wär gut, wenn ihr ihm mal ein bisschen Ruhe lasst. Es wird ihm langsam zuviel mit euch. Nicht umsonst hat er das Schloss angebracht.»

Alma grinste.

«Es gab ein Problem mit den Wildsäuen. Hast du nicht gesehen: Sie haben ihm den ganzen Park durchpflügt.»

Hinter dem Lichtschacht ging das Rosa am Himmel in ein Rot über; unter den Cirruswolken kristallisierte sich ein Teil des aufgehenden Sonnenballs heraus, die ersten Stare und Amseln erwachten, sie klangen noch etwas bemüht.

«Du glaubst nicht ernsthaft, dass er sich von uns verfolgt fühlt?»

«Von euch?»

«Von Karen, von mir – was weiß ich, wie viele es gibt.»

Alma befreite sich von ihrer Decke, legte ihren Kopf seitlich auf meinen Schoß, ich atmete den süßen Geruch, der ihrem Nacken entströmte, ihre Haare waren immer noch feucht.

«Wenn du euch beide mitzählst, sind es mindestens drei –». Ich beugte mich zu ihr hinab.

«Was will sie auf einmal?»

Mit der flachen Hand fuhr ich die Form von Almas Hinterkopf ab, stets einen Zentimeter Abstand wahrend, umrundete ihr Ohr, Almas Gesicht sah anders aus, wenn auch nicht fremd, Mund und Nase und Wange ergaben nicht das gewohnte Bild, ihr rechtes, oben liegendes Auge war starr und glänzte, die Nähe strengte mich an.

Ich wickelte mir den Träger ihres Bustiers um den Ringfinger, legte die Hand flach auf ihre Schulter, meine Finger waren nicht allzu verschwitzt.

«Findst du mich nicht etwas zu alt, Philip?»

«Daran hab ich noch gar nicht gedacht.»

Sie lachte.

Ob sie das Pulsieren meines Daumens spürte? Mein Herzschlag war nicht unter Kontrolle zu bekommen. Ich zog die Hand von ihrem Schlüsselbein zurück.

Dann packte ich zu.

«Lass das!»

Seit dem Winter hatte ich keine Frau mehr berührt. Genaugenommen berührte ich viele Frauen, täglich. Ich berührte sie mit Gummihandschuhen, sie waren hilfsbedürftig, sie waren alt.

Alma legte ihren Zeigefinger an meine klopfende Halsschlagader, ihr Oberkörper war verdreht, so dass ihre Lendenwirbel schmerzen mussten, sie drückte immer fester, bis sich das Blut in meinem Kopf staute, dann schüttelte sie ihre Hand, als habe sie sich an mir verbrannt.

«Du fällst gleich um! Das ist ja nicht zu verantworten!»

Sie setzte sich wieder neben mich auf die Couch, stützte sich auf den Knien ab und drückte den Rücken durch, fasste sich mit der Rechten ins Kreuz. Es ist vorbei, schien sie mir zu bedeuten, es hat nichts begonnen.

«Also. Was will sie auf einmal?»

«Muss das jetzt sein?»

«Ich hab mich nur ausgeruht, grade. Das Wasser war kalt.»

«Du riechst gut, Alma.»

«Bitte, hör auf!»

Ein Stechen fuhr mir hinter die Stirn, ohne sich zu eigentlichem Kopfschmerz auszuweiten, ich wollte gehen, wusste keinen anderen Ort, an dem ich die ersten Stunden des so frühen Morgens verbringen konnte, und blieb.

Iris hatte das Drama geliebt und über Jahre gelebt, aber sobald es gefährlich geworden war, hatte sie nur mehr eine schlechte Komödie gespielt, mit der vagen Aussicht auf ein neues, besseres Engagement. Man konnte ihr nicht vorwerfen, blutarm zu sein, und doch hatte es keinen Knall gegeben. Aus einer Laune war eine Stimmung geworden, aus einer Stimmung eine Haltung, aus einem Monat das erste Vierteljahr.

«Sie hat zu spät bemerkt, wie ihr die Regie aus der Hand genommen wurde, damals. So sicher fühlte sie sich.»

«Und inzwischen bereut sie es?»

In Berlin hatte sie auf dieselbe Frage hin ihre von Meeresfrüchten öligen Finger abgeleckt und sich links etwas Unsichtbares aus dem Augenwinkel gewischt, wobei sie eher neue Fremdkörper einzureiben schien, als bestehende fortzustreichen, mit tränendem Auge hatte sie dann nach Marie gefragt.

In den ersten Monaten nach ihrem *Durchstart* oder nach ihrem *Platzverweis*, wie sie das nannte, hatte sie noch einige Klamottenkoffer und Umzugskartons voller Lötwesen geholt, allerdings nur, wenn sie sicher sein konnte, dass Jakob sich nicht in der Villa befand. Irgendwann endete auch das.

«Nach fast dreißig Jahren sind sie einfach so auseinander gegangen?»

Alma starrte eine Weile ins Halbdunkel, dann stand sie auf. Die Lederauflage der Couch schaukelte, Almas Schenkel schwangen direkt vor meinen Augen empor, in barfüßigen, aber doch gleichsam hochhackigen Schritten ging sie auf die Messinginstallationen zu, als benötige sie eine Denkpause oder einen neuen Impuls.

Der Riss in der Wand war ohne Licht kaum zu erkennen; Alma versuchte, den mittleren Kreiselkasten anzuschieben, das Lager schien zu klemmen, mit einem kleinen Ruck schließlich setzte er sich in Bewegung, Hunderte Messingschrauben und Messingmuttern gerieten leise klimpernd aneinander. Alma stieß nun auch den linken, dann den rechten Kreiselkasten an, die sich beide leichtgängiger drehen ließen, dem mittleren fehlte es bereits wieder an Schwung.

«Also gut, es gab einen Dritten.»

Wenn ich Iris glaubte, hatte sie ihren damaligen Kunstliebhaber in der Villa bewirtet, einen Mann, den sie als *Kunstklempner* bezeichnete und den wir bald nur noch *den Klempner* nannten, er war auf der Durchreise nach Istanbul gewesen und hatte nur für ein paar Stunden am See vorbeischauen wollen; wenn ich Jakob glaubte, hatte es sich weniger um einen Liebhaber der Kunst, als um einen Liebhaber seiner Frau gehandelt, der drei volle Wochen am See gehaust und sie von früh bis spät umschwirrt hatte.

«Oder eher viele Dritte, die meisten unsichtbar.»

«Du warst nicht dabei?»

«Ich war in Berlin.»

«Und du bist dir sicher, dass es so war?»

«Natürlich nicht.»

Ich hatte nicht die geringste Vorstellung von dem, was sich vor zwei Jahren zugetragen hatte, von den Kränkungen, von der Leichtfertigkeit und dem Übermut, der Plan war wohl gewesen, sich einen Monat nicht zu sehen, in dem Iris herausfinden sollte, wie viel ihr dieser und alle anderen Liebhaber der schönen Künste nun wirklich bedeuteten. Sie war dann zusammen mit ihrem Kunstklempner nach Istanbul aufgebrochen, mit Stationen in Belgrad und Bukarest und auf den autofreien Prinzeninseln im Marmarameer. Ein Mensch brauche seine Freiheiten, war ihre oft wiederholte Losung, die Jakob nun engagiert umzusetzen schien.

«Und wann war die Trennung?»

«Sie sind nicht getrennt.»

«Natürlich sind sie's!»

«Der Versuch begann vor über zwei Jahren.»

«Ich dachte, vor einem Jahrzehnt!»

Tatsächlich hatten die Kunstliebhaber bereits lange Zeit vor dem Klempner Konjunktur gehabt, mit dem Beginn ihrer Ausstellungen und Flohmärkte; in jähzornigen oder weinseligen Attacken hatte Jakob Sträucher und Kriechpflanzen in den mal frostharten, mal sommertrockenen

Boden getreten, als ich noch selbst in der Villa gewohnt und er sein Nirwana noch nicht erlangt hatte, bei so manchem versiegelten Umschlag, bei jedem expressverschickten Rosenstrauß.

«Das ist doch nicht normal, wie er um ihren Citroën schleicht. Als wär sie im Reifengummi verarbeitet!»

«Was soll das, Alma?»

«Wen hat sie denn zur Zeit?»

«In Istanbul war sie diesmal allein.»

Vor kaum mehr als achtundvierzig Stunden hatte sie in meiner Hochparterrewohnung gestanden, mit Rucksack und ohne Ankündigung, am Abend vor meiner Abfahrt an den See. Wenig später hatte sie beim Inder in meiner Straße eine Servierplatte voller Langusten und Wasserschnecken gegessen und mich auf dem anschließenden Spaziergang in Richtung Osthafen gebeten, für sie ein paar Fragen zu stellen, stattdessen wurde ich nun selbst ausgefragt, stündlich taten sich neue Rätsel auf, Jakob sperrte die Frauen aus und lud sie zu sich, ich machte den Mund auf, meine Lippen schmatzten, mehr tat sich nicht.

«Sie hat dich besucht?»

Ich legte die Rosshaardecke zur Seite, mir war unangenehm warm geworden, der Flur gewann mit zunehmender Dämmerung an Raum. Das Triptychon an den Wänden warf erste kleine Schatten, ich stand auf und streckte die Arme, bis es in der rechten Schulter knackte, ein Knorpel oder ein Knöchel rutschte in die für ihn vorgesehene Lage zurück, ich sollte meine Patienten nicht mehr allein aus den Betten heben.

«Sag ihm das nicht.»

Alma tat, als verschließe sie mit einem unsichtbaren

Schlüssel ihren Mund, eine Geste, die ich selbst an ihr nicht ausstehen konnte, ich setzte mich wieder hin.

«Im Auftrag Ihrer Majestät!»

Sie salutierte.

Früher hatte er die Aufträge verteilt und die Fragen gestellt; er hatte sich nach der Häufigkeit der *Strandstunden* erkundigt und danach, ob ich in Sichtweite des Busses Zeit stundete, und obwohl Karen im Sommer darauf alleine und zwei Jahre später niemand mehr mit ihrem Bus in den Osten aufgebrochen war, hatte Jakob nicht aufgehört, Fragen zu stellen, ich war damals zwischen acht und zehn.

In den kommenden Jahren blieb die Glückskiefer unter einer Plastiktüte versteckt, fuhren wir zu dritt nach Wolfsburg und Untertürkheim, statt nur Mutter und Sohn an die adriatische See, in ihrem Citroën statt in Karens Bus, zur Sicherheit, ergänzte Jakob, nehme er uns beide mal mit. Während er selbst für einige Stunden mit seinem Moderatorenkoffer voller *Eddings* und *Post-its* in festungsgleichen Bürotürmen verschwand und seine Nachhaltigkeitstrainings mit *Mindmapping* und *Metaplan* untermalte, fiel mir die Aufgabe zu, im Auftrag Seiner Majestät all ihre Bewegungsabläufe mitzuprotokollieren.

Sobald wir wieder zu Hause waren, steckten wir dann unsere geröteten Detektivköpfe zusammen, während sie ihren *Edelkörper* im Bad auffrischte.

«Und nach dem Kaffee, Kollege?»

«Alles sauber.»

«Wart ihr gar nicht bei den Enten?»

«Es hat die ganze Zeit geregnet, der Kellner war im Übrigen sechzehn und am Nebentisch saß nur eine fette Frau!»

«Sechzehn?», rief Jakob dann aus, und ich sagte schnell: «Vielleicht eher zwölf.»

Er riet mir, sie auch in den Baumarkt zu begleiten, wenn sie Glasschneidemesser und Zinnbahnen für ihre Tiffanyglasarbeiten einkaufte oder Messingbleche und Schraubensets für den Kleinen Existenzenpark auf der Terrasse, auch wenn keiner der alpinweiß gesprenkelten Männer dort je auf etwas anderes achtete, als auf das Gleichgewicht seines mit Farbeimern und Einbauspülen überladenen Einkaufswagens. Ich begleitete sie gar in den Stoffladen im historischen Stadtkern, dessen feinfarbabgestimmte Bindfadenrollen mich stets etwas traurig stimmten, und in dem sich niemals ein männliches Wesen über fünf Jahren zeigte.

«Sicher ist sicher!»

Wir nickten uns verschwörerisch zu.

Ich fuhr mit ihr zu den Abfallcontainern metallverarbeitender Betriebe im Westend, vor denen tatsächlich immer eine Ansammlung blaumanngekleideter Männer ihr nachschaute, während sie die Reste von Serienlochstreifen und scharfkantigen Deckenwinkelblechen aufklaubte und ihre geschundenen Handinnenflächen weiter zerkratzte.

«Du hast sie nicht allein in den Container gelassen?»

«Es lag schon ein Haufen Metall für sie bereit. Einer hat ihr das Zeug in den Kofferraum geladen.»

«Wie alt?»

«Kannste vergessen.»

Überraschend riss Jakob die Türen des Raums auf, in dem sie gerade Gehrungen sägte und Bleche nutete, im Salon, im Schlafzimmer oder in der Küche. «Ich dachte, bei dem Lärm hörst du ohnehin nicht, wenn ich anklopfe!» Aufgeregt suchte er dann etwas, das er niemals fand, und

Iris rutschte eine Augenbraue über den Rand ihrer monströsen Schutzbrille, und sie feilte und falzte noch eine Weile, während ich die Fliesen fegte, auf denen Jakob riesige Barfußabdrücke im Eisenstaub oder in den Sägespänen hinterließ.

Meistens vergingen dann nur wenige Minuten, bis er dampfenden Kaffee und duftenden Kuchen hereinreichte oder mit einem Wein aus dem Jahr ihrer gemeinsamen Verlobung ein Kasperlestück durch den Türspalt aufführte, ohne selbst in Erscheinung zu treten. Die Flasche schien dabei Küsse im Raum zu verteilen, manchmal sagte sie auch: «Ich stamme aus dem glücklichsten Jahrgang der Welt!» Jahr für Jahr gab es mindestens ein neues Exemplar dieses glücklichen Jahrgangs, entsprechend teuer wurden die Weine. «Spätestens am dreißigsten Hochzeitstag müssen wir uns trennen», sagte sie in überschwänglichen Momenten, während sie Jakob im Arm hielt und auf seinen nackten Füßen balancierte; die Flaschenserie hatte die Zeit nach den Balkanfahrten durchstanden, sein Fragen und Forschen, und später die Zeit der Amateure und Sammler, und zunächst sogar den Klempner, erst vor zwei Jahren brach die Serie dann ab.

Nun stellte sie die Fragen.

«Und diese furchtbaren Tiffanylampen! Wie lang will er das noch alles konservieren?»

«Ihr gehört die Hälfte vom Haus.»

«Und der selbstgeschreinerte Kleiderschrank –»

«Du kennst den Kleiderschank?»

«Den im Boudoir!»

Sie artikulierte das Wort, als spreche sie von einem Bordell. Ich kannte niemanden, dem er Zugang zum Kleiderschrank gewährte oder auch nur in dessen Bannkreis ließ.

«Was spielt ihr hier eigentlich?»

«Ich hab ihn eben gern.»

«Und Karen hat ihn wohl auch ganz gern?»

«Nein, die will ihn heiraten.»

Alma ließ sich auf die Couch fallen wie auf ein Minitrampolin und schnellte wieder in die Höhe, der Ledergeruch ihrer Jacke war deutlich von dem der Couch zu unterscheiden, sie wiederholte die Übung einige Male, bevor sie ihre Stiefel anzog und sich leise und ohne jede Berührung von mir verabschiedete.

«Aber was will er denn selbst?»

«Ich glaube», sagte sie bereits am Ende des Messingflurs, «ihm ist das einfach alles egal.»

«Bleib», flüsterte ich, dann sagte ich es noch einmal, lauter, schrie es beinahe hinaus.

Steine –

Leises, betonhelles Klacken, Pause, ein neuer Wurf, auch mal ein lauteres Scheppern, wenn die Steine den Lichtschacht trafen, dann wieder Stille, ein neuer Wurf.

Kieselsteine –

Ich blinzelte, hatte das Gefühl, auf einem Holzbrett geschlafen zu haben, höchstens eineinhalb Stunden lang, wollte mich anziehen, war noch angezogen vom Vorabend, wurde nur langsam klar.

Dann lief ich zur Tür.

«Na endlich! Warum macht keiner auf?»

Dotto hob eine Engadiner Nusstorte und eine verschwenderische Papiertüte vom Terrassenklinker, Falten zogen seine Stirn hinauf, im Vergleich zu seiner Mimik wirkte die seines Vorbilds Dalí introvertiert.

«Warum klingelst du nicht?»

Er wies auf das Damenrad auf der Klinkerterrasse, schmunzelte, das habe er sich schon gedacht, dass Karen bei uns sei, dann stelle Jakob die Klingel meist aus oder höre sie nicht; er betrat den Salon, entdeckte Alma, die den Kopf unter langem Haar auf dem Ebenholztisch ausruhte, verschränkte die Hände vor dem Gesicht.

«Du?»

«Morgen, Dottore.»

Der Dottore hatte in den Achtzigerjahren in Padua als Dozent gearbeitet und in den frühen Neunzigern die Theorie in der Praxis getestet, als in Paduas deutscher Partnerstadt ein nachhaltiges Stadtviertel geplant wurde, unweit des Sees. Wo es um Nachhaltigkeit ging, konnte Jakob nicht fehlen, er hatte den Festvortrag anlässlich der Grundsteinlegung gehalten und Dotto mit seinen bestechenden Auslassungen über Fernwärmeauskopplung, Hybridtechnologie und Vernunft als Wahrnehmung des nächsthöheren Ganzen so sehr beeindruckt, dass es nicht einmal mehr seiner folkloristischen Imperialismusschelte bedurft hatte, um Dotto nach der Conclusio zu ihm ans Pult zu treiben.

Bald hatte er nicht mehr nur Jakob und dessen Einladungen in die Betonvilla, sondern das Lebensgefühl am See überhaupt geschätzt, das er mit Abstrichen als durchaus mediterran durchgehen ließ, und so hatte er sich der deutschen Völkerwanderung von Nord nach Süd dickköpfig entgegengestellt, auch über die Bauphase hinaus; die Mutter seines Sohnes hatte er vor Jahren verloren, den Sohn selbst noch nicht ganz, und sobald in Padua Temperaturen und Touristen wüteten, fuhr er noch immer ins deutsche Exil.

Er stellte Brötchentüte und Nusstorte auf Aschenbechern und Anakondatassen ab, pustete Erdnussschalen und Ascheschlangen vom Tisch, richtete Jujuflaschen und Kerzenhalter wieder auf, während Alma bereits nach dem Grußkärtchen langte, das an der Nusstorte befestigt war, und es neugierig auffaltete wie ein Los.

Tut mir leid, Karen, stand in ultramarinblauer Schreibschrift zwischen Rosenbouquets und Singvögeln, *Tschuldi* in Prägedruck auf der Vorderseite, mir wurde leicht übel, ein geflochtenes Goldbändchen hielt die Karte am Zellophan fest, immerhin begann sie nicht zu trällern, sobald man sie öffnete, Karen hatte offenbar gelernt.

«Wie die sich aufspielt!»

Alma öffnete und schloss die Karte immer wieder, sie schien das Papier so lange falten zu wollen, bis es am Falz brüchig würde und entzweiginge. Jakob nahm ihr die Grußkarte aus der Hand, riss das Goldbändchen mit einem Ruck vom Zellophan. Dann faltete auch er die Karte auf und zu, allerdings langsamer, vorsichtiger; wie einen Schmetterling ließ er sie höher und höher fliegen, in kreisenden Bahnen, wobei er zirpende Geräusche machte, die nicht so recht zu einem Schmetterling passen wollten. Sobald sein Arm beinahe senkrecht empor wies, ließ er den papierenen Falter mit einem letzten Schnalzen durch zaubertrickschnell einklappende Finger in seinem rechten Jackettärmel verschwinden, zum Abschluss erhob er sich – einen Luftschnurrbart zwirbelnd, dann einen Lufthut ziehend – und verbeugte sich vor uns.

Alma schien selig, applaudierte, streckte ihm so lange ihre Wange entgegen, bis er ihren Kopf mit breiten Händen an sich drückte und ihr einen Kuss auf die Stirn setzte; er spürte, dass Dotto und ich ihn beobachteten, ich interessiert, Dotto beinahe feindselig, Jakob setzte zu einer Erklärung an, winkte ab und zog sich in die Küche zurück. Keiner sprach ein Wort, als sei das nur in der Gegenwart des Meisters erlaubt, der endlich mit mehreren Einmachgläsern zurückkehrte, an deren Rändern Honigklumpen und Himbeermarmeladereste eindickten, er stellte dunkelgelb angelaufenes Fett in einem Butterschälchen dazu, setzte sich, nach eigenem Bekunden verkatert, augenscheinlich aber vergnügt, zu uns.

Unter mindestens dreisprachigen Flüchen, die wohl weniger Jakob als der deutschen Frühstückskultur im Allgemeinen galten, trug Dotto Honig und Himbeermarmelade zurück in die Küche, leerte eine ganze Heimladung Ciabatta und Baguettebrötchen auf den Tisch und fischte Parmaschinken und Basilikumpesto aus der Papiertüte, drapierte jungen Ziegenkäse auf ein Schneidebrett und frischen Schnittlauch in ein wassergefülltes Schnapsglas, das endlich einmal nichts als ein Schnapsglas war, kein Glasgecko, kein Glaswaran, nur ein schmales, zylinderförmiges Trinkgefäß, eisernen Ästhetikgesetzen folgend verteilte er grüne und schwarze Oliven und richtete die übrigen Frühstückszutaten wie Opfergaben auf dem Ebenholz an.

Beim Frühstück gelte es, von seiner kulturellen Verwurzelung Abstand zu nehmen, das mediterrane sei eines für Zahnlose: in Milchkaffee getunkter Keks, die Wiege unser aller Kultur bedürfe da ausnahmsweise der kulinarischen Ergänzung; was bei den Genen richtig sei, sei beim Frühstück nicht falsch: Eine möglichst bunte Kreuzung ergebe das beste Modell.

«Sprich leiser, Dotto. Mein Kopf!»

Jakob bröselte mehrere Tabletten in seinen Espresso, auf dessen Crema bald ein Chemieteppich aus bunten Vitaminkapseln und weißen Mineraltabletten schwamm, er kippte den Sud mit einem großen Schluck herunter. Alma nahm ihm die leere Tontasse ab wie einen geweihten Gegenstand. «Noch einen?» Sie senkte die Stimme. «Oder willst du schon den ersten Corretto? Mit Grappa?»

«Vielen Dank, aber ich kann allein für mich sorgen. Warum halten mich alle für hilfsbedürftig?» Er klang ehrlich verwundert. «Mein Sohn glaubt gar, ich stecke in der Adoleszenz!» Alma war nicht mehr um ihr kleines Gelassenheitsglück zu bringen, seit Jakob ihren Kopf unter seinen Händen geborgen hatte, sie programmierte ihm einen extra weißen Cappuccino; wenn Jakob noch wachse, benötige sein Organismus viel Milch.

Nach dem Kaffeewunder wendete sie sich dem Klangwunder zu, das meine Mutter Jakob zum fünfzigsten Geburtstag geschenkt und damit seine analogen Flower-Power-Sampler auf Vinyl verdrängt hatte; ich wusste wirklich nicht, warum die Frauen diesen Drang verspürten, ihn mit hochwertigen Digitalgeräten zu beschenken. Alma legte Bukowinabeat ein, das Ventilspiel der Bläser trieb vom ersten Takt an drängend nach vorne, Trompeten und Saxophone, die Tuben im Off, die Melodie endete in einer zu langen Kunstpause, auf die ein monotoner, langsamer Beat folgte; ich regelte die Lautstärke herunter, was ein dreistimmiges Murren zur Folge hatte, heimlich versuchte ich, wenigstens den Bass herauszunehmen.

«Dreh den sofort wieder hoch!»

Neben dem Offbeat galt Almas Interesse einzig der Engadiner Nusstorte, sie rührte weder Ciabatta noch Ziegenkäse an und probierte nicht eine Olive, umständlich knotete sie das Geschenkband auf, welches das veilchenbedruckte Zellophanpapier mittig zu einer Rosette bündelte, roch dann am Puderzucker, der beim Ausatmen in die Luft stob, hob sich ein winziges Stück krümelnden Nusskuchens auf ihren Teller.

Jakob verfolgte ihr Treiben starr wie ein Reptil, statt einer Schleuderzunge ließ er seinen Arm ausschnellen, statt einer Fliege fiel ihm Almas Kuchenstück zum Opfer, das er auf dem Zellophanpapier abstreifte, schließlich trug er den Kuchen in die Küche. Ich dachte an Karen beim Abwiegen, beim Kneten, und beim Untermengen, beim Auslassen und Vorheizen, beim Ausbacken und auf den Balkon Herausstellen.

«Ich finde, das geht zu weit», meinte Alma.

«Sie hat doch nur einen Kuchen gebacken?»

Was ich schon wisse mit meinen grob geschätzt zwölf Jahren, so gehe das seit meinem letzten Besuch, Karen umgarne ihn, sie entschuldige sich bei ihm, und dann umgarne sie ihn wieder von vorn.

«Mach dir keine Sorgen.»

Dotto wischte ihr den Teller mit einem gebrauchten Papiertaschentuch nusstortenfrei, wenn Karen nicht endlich Ruhe gebe, lasse Jakob sie nicht mehr ins Haus, er legte abwechselnd grüne und schwarze Oliven auf Almas Teller und schnitt einen Streifen Ziegenkäse von der Rolle, Karen hefte sich an ihn, Dotto schüttelte sein Messer über Almas Teller ab, das Käsestück wollte nicht von der Klinge gleiten, sie umgarne ihn nicht, sie belagere ihn, mit ihren Trinkergeschichten und Männerproblemen, für die er, Dotto, Karen durchaus bedauere, aber wie wir sicherlich alle wüssten, habe Jakob sich von allen Pflichten befreit, endlich landete der feuchte Ziegenkäse auf Almas Teller, wo Dotto ihm mit der Gabel einen mittigen Platz zuordnete, um Schnittlauch und Parmaschinken darum zu garnieren, von der Pflicht, zuzuhören, von der Pflicht, hinzusehen, Dotto bedeckte die letzte freie Keramik mit Walnüssen, er gehe nicht ans Telefon, wenn er keine Lust dazu habe, und öffne die Tür nicht, wenn er keine Lust dazu habe.

«Und wenn man zu oft bei ihm vorbeischaut, darf man irgendwann nicht mehr ins Haus.»

«Glaubst du, er genießt seine neue Freiheit?»

«Er zelebriert sie wohl eher.»

Alma versagte Dotto jedes Kompliment, auf das er so dringlich wartete, sie ließ ihren Antipastiteller unberührt, versuchte stattdessen, ihre Haare zu bändigen, tupfte Spucke in ihre Mundwinkel, rieb mit den Fingerknöcheln ihre Augenränder entlang, sie zupfte auf Verdacht Wimpern und Augenbrauen, verrieb einige Tropfen Kaffee auf ihren dunklen Wangen, spätestens hier blieb mir der Sinn ihrer Handlung verschlossen.

«Du hast die Nacht auch nicht gerade zwischen Daunenfedern verbracht?»

«Eher auf Ebenholz!»

Alma klang, als sei sie auserwählt worden, von Jakob oder von noch höheren Mächten dieser heiligen Nacht. Der Bukowinabeat hatte ausgesetzt, ich öffnete eines der Bullaugen. Die Tiffanylampe schwankte in einem warmen Luftzug, der helle Kehllaute von Spatzen hereintrug. Jemand verbrannte Laub und Zweige vom letzten Herbst, es roch nach Rauch und nach Holz und nach Aufbruch, ich stand auf und ruderte verspannt mit den Armen und setzte mich wieder hin.

«Wofür hat Karen sich denn entschuldigt?»

Dotto wies auf seinen Ringfinger, an dem er keinen Ring trug. Ihr Freund sei Produzent, habe aber seit Jahren an keinem Film mehr gearbeitet, Karen gelinge es nicht einmal mehr, ihn sich spannend zu trinken.

«Will sie Jakob wirklich heiraten?»

«Ein für alle Mal: nein!»

Jakob schien an der Küchentür gelauscht zu haben und lief nun in den Salon, um weitere Spekulationen in aller Geschwindigkeit zu unterbinden, er setzte sich zu uns, wobei er mit dem Knie gegen das gedrechselte Bein des Esstischs stieß und alle drei Anakondatassen überschwappten, sein Blick wanderte unstet von Dotto zu Alma zu mir.

«Und warum hast du sie dann rausgeworfen?»

«Sie hat ihm einen Antrag gemacht. Bei deinem Vater muss aber alles schön leicht bleiben.»

«Wie sprecht ihr über mich!»

Es werde ihm einfach zu eng mit ihr, sie brauche ihn nicht zu betreuen, tags nicht und schon gar nicht in der Nacht. Nachts schon gar nicht, stimmte Alma zu, streckte ihm wieder ihre Wange entgegen, die er diesmal ignorierte. Er sei schon groß, fürchte sich weder vor Einsamkeit noch vor Dunkelheit, man müsse ihm nachts nicht das Licht im Flur anlassen und keinen Teddy in den Arm drücken, nach Horrorfilmen träume er ausgezeichnet, der Schlaf und er stünden in freundschaftlichster Beziehung, auch ein abendliches Schlaflied fehle ihm nicht.

Ich räumte Parmaschinken und Ziegenkäse, die teils Schwitzwasser bildeten, teils bereits antrockneten, in die Küche und suchte vergeblich nach Frischhaltefolie für Almas überladenen Spezialitätenteller, auf dem sich Kleine Schweinereien im Wert von mindestens fünfzehn Euro türmten, einer Summe, mit der ich in Berlin ein bis zwei Tage haushalten musste.

«Ständig räumt er hinter uns her», flüsterte Jakob, als ich den Teller in Backpapier wickelte und in die Küche trug, «er glaubt, ich hätte mein Leben nicht im Griff, sei launisch – Alma, bin ich vielleicht launisch geworden?»

«Also, geworden bist du es nicht.»

Er deutete die Antwort als Lob – berechenbare Charaktere seien langweilig und hätten keinerlei Esprit –, drehte sein Gesicht in die Sonne, als wolle er sich nun ein wenig selbst verwöhnen, wahrscheinlich hatte er die Augen geschlossen. Seine Haut war ohnehin schon dunkel, würde in wenigen Tagen aber einen Braunton annehmen, von dem im Frühsommer niemand glauben würde, dass er nicht dem Solarium entstammte, und der ihm geholfen hatte, als Streiter für das Wahre, Schöne, Gute im schnieken Businesszirkus mitzuhalten. Er hatte dann alle Anfragen abgesagt, um sein Gesicht noch öfter in die Sonne zu halten, oder aber es waren infolge der Krise einfach keine Anfragen mehr hereingekommen, Ökocoachs und Nachhaltigkeitstrainer nicht mehr gefragt, das war nicht ganz klar. Er sehe aus wie ein Skimodel, hatte ich ihm schon gestern erklärt, wenn er Ruhe vor seinen Damen wolle, komme er nur mit talgiger Blässe ans Ziel.

Sobald ich aus dem Salon verschwunden war, brach dreistimmiges Gelächter hinter mir los, ich lehnte meinen Kopf gegen die dünne Sperrholzplatte des Einbauschranks, den Iris mit violetter Folienmaserung beklebt hatte; mit der Stirn stieß ich mehrfach dagegen, die Schläge machten mich klar. Sie würde mich in achtundvierzig Stunden am Ostbahnhof abholen, ich hatte mich völlig verrannt.

Das Gelächter wurde leiser, ging in gemurmelte Satzfetzen über, dann dröhnte Jakobs empörte Stimme bis zu mir in die Küche.

«Aber natürlich hab ich gesessen! Deutscher Herbst. Neunzehn-siebenundsiebzig-achtundsiebzig. Bleierne Zeit. Zumindest eine Nacht Untersuchungshaft!»

Ohne nachzudenken, nahm ich den Spezialitätenteller wieder aus dem Kühlschrank und knallte ihn vor Jakob auf den Tisch. Mit einem harten, kurzen Schlag brach der Teller entzwei, Olivenöl sickerte durch den Riss auf die Tischplatte, Jakob entwand sich harsch aus Almas klammernder Umarmung, und der noch frühe Tag bekam einen Nebenklang; ein leises Geräusch von hoher Frequenz überlagerte die Spatzen und den fernen Ton eines Schiffsdiesels, mein rechtes Trommelfell fing an zu jucken, ich klopfte mir auf die Ohrmuschel, das Geräusch blieb störend, das Geräusch blieb streng.

«Ich geh dann besser mal», sagte Dotto.

«Da könntest du ihn doch gut begleiten?»

Alma deutete fragend auf ihre Brust, Jakob nickte, er müsse mit seinem Sohn unter Männern sprechen, sie griff umgehend nach ihrer Lederjacke, das sei aber auch an der Zeit, aus seinem Sohn einen Mann zu machen, sie bekam ein windiges Lächeln nicht aus dem Gesicht. Ihre Arme verfingen sich in den engen Ärmeln, einige Sekunden kämpfte sie mit dem Seidenfutter, dann schloss sie den Reißverschluss, der Schlitten glitt mühelos den Bauch hinauf und zwängte sich dann über den Busen, sie wickelte Peperonata und Aioli und Pesto in das Backpapier und steckte es ein, griff nach Dottos Hand.

«Gehen wir.»

«Bis heut Abend, gleicher Ort!»

Jakob entkernte mit den Händen eine Olive, das Öl tropfte ihm auf Hemd und Jackett, Alma führte den Kreuzbartschlüssel ins Schloss und zog ihn unter vorsichtigem Drehen wieder einen Millimeter heraus, bis der Riegel zurückschnappte, sie kannte sich aus. Draußen klappte sie den Ständer ihres Hollandrads nach oben, das Karens Beachcruiser wirklich sehr ähnelte, sie drehte sich nicht wieder um. Ich blieb auf der Empfangstreppe stehen und verfolgte, wie Dotto ihr seine Hilfe anbot, Alma abwehrte und das schwarze Rad am Eisentor vorbeizwängte. Er lief hinter ihr her, kämpfte mit den Brombeerranken, die ihm vom Lenker ins Gesicht schnellten, beide bückten sich unter dem unsinnigen Blumendraht hindurch, der angeblich Wildschweine abhalten sollte, nach einem schwachen Fluch hörte ich nur noch das Knistern der Fahrradnabe und das Knirschen von Schuhen im Kies.

Bald verstummte auch das.

«Endlich Ruhe!»

Jakob stand im Kleinen Existenzenpark auf der Terrasse, umgeben von Messingechsen und Silberratten, von Kupferzwergen und Rundrohrtrollen, er sprach leise, im Vergleich zur Stille um uns schien er zu schreien.

«Schlag ein!»

Er streckte mir die Hand entgegen, ich machte einen Schritt zurück, stieß gegen einen Flachblechdrachen, in dessen Zackenreihe sich mein linkes Hosenbein verfing.

«Was ist denn los mit dir?»

«Ich wollte mal Zeit für uns haben. Da stören die doch nur.»

«Dann pluster dich nicht immer so vor ihnen auf! Deutscher Herbst! Bleierne Zeit!»

Der Flachblechdrachen gab den Stoff meiner Hose nicht frei, ich ließ den linken Fuß kreisen, unauffällig, um die Blöße nicht preiszugeben, der Drachenkamm bohrte sich fester in den Stoff, mit einem seitlichen Ruck versuchte ich mich der Fessel zu entledigen, laut reißend platzte eine der unteren Nähte auf. Ich bückte mich, fand weder Riss noch Fransen noch Fadenenden, hüpfte einbeinig an Trollen und Drachen vorbei.

Jakob lächelte nur, stapelte zwei morsche Korbsessel übereinander, um Platz für einige Kniebeugen zu finden, die meine Gelenke knirschend verweigert hätten; seine leisteten stolz ihren Dienst. Er warf sein Jackett ab und knöpfte das schwarze Hemd bis zum Hosenbund auf, krempelte die Ärmel bis unter die Achseln, präsentierte seinen dann doch nicht so überragenden Bizeps und schielte auf sein Pulsmessgerät, ohne das er nicht mehr trainierte, seit er gehört hatte, dass ein Sportlerpuls bei derartigen Übungen die Hundert normalerweise nicht überschritt.

Ich packte ihn am Arm, versuchte ihn zu schütteln, er hielt dagegen, war stärker, ich fühlte mich wie ein lästiges Insekt.

«Warum stellst du mir Alma nicht einfach als deine Freundin vor?»

Er bat um Verzeihung, an seinen Umgangsformen müsse er wohl noch arbeiten, seine Freundin aber sei Alma ganz gewiss nicht. Dann lamentierte er ein wenig, die Damen wollten ihn verheiraten und vereinnahmen, binden und schinden, sie klammerten und jammerten, da gelte es hin und wieder, die Fronten zu klären.

«Hundertfünf», murmelte er verärgert.

Ob es auch der Klärung der Fronten gedient habe, mit Karen Weihnachten zu feiern, mir aber zu erzählen, er hätte mit einer Weinflasche gefeiert, um Karen dann vorgestern aus dem Haus zu werfen?

«Was heißt schon feiern. Wir haben ein bisschen zusammen getrunken. Du solltest dir keine Gedanken machen. An Weihnachten wird alles gleich so wichtig. Ich hasse das Fest!»

Er orderte sich seine Damen und bestellte sie wieder ab, behandelte sie wie Leibeigene, rückte sie hin und her wie Schachfiguren, die Villa war mindestens sechsmal größer als meine Alt-Treptower Mietwohnung, und doch schien er die Stille nicht zu kennen, die unter meinen tiefen Decken im Hochparterre lastete, das Ticken des Sekundenzeigers, nachts um halb drei.

«Karen ist die beste Freundin deiner Mutter. Glaubst du etwa, die heirate ich?»

Bereits den Vorgänger von Karens Filmemacher hatte Iris als bloßen Kifferkünstler abtituliert, der das Bauen von Joints für Kunst halte, was Iris den Beinamen Eliteniete eingebracht hatte, der von ihr wiederum mit Biedertiger pariert worden war, und immer so fort. Für Jakob hatte das offenbar keine Gültigkeit, die letzten Jahre waren in seinem Bewusstsein einfach nicht angekommen, einen Moment horchte ich nach, ob er nicht doch vielleicht «beste Feindin» gesagt hatte, und Alma, er grinste etwas zu kumpelhaft, imponiere ja wohl auch seinem Sohn, wie er feinsinnig erspürt habe, aber er wolle abschließen mit diesen alten Geschichten: «Was steht denn an?»

Den Fehler, auf diese Frage von mir oder von meinen Patienten zu berichten, machte ich schon lange nicht mehr, von Bastian etwa, der schmutzige Hotelwäsche von Aachen nach Großpolen und Erdbeeren aus Andalusien nach Bayern gefahren hatte und nicht etwa über diesem Irrsinn dem Wahn anheim gefallen, sondern über einer tonnenschweren Ladung Südfrüchte am Steuer seines Transporters eingeschlafen war; man hatte sein Hirn nicht schnell genug vom Druck des Hämatoms im Schädelinneren befreit. Ich spürte eine Anspannung in Jakobs trainiertem Körper, die nicht von den Kniebeugen rührte, bis ich ihn erlöste: «Eigentlich nichts.»

«Hat sie dich nicht besucht?»

«Wie meinst du?»

«Na, wie meine ich das! An deinem Geburtstag zum Beispiel?»

Ich schüttelte den Kopf.

«An einem der Wochenenden danach? Aber eine Karte hat sie geschrieben?»

«Jakob, nein!»

«Was für eine Mutter du hast –»

Mein linkes Augenlid fing an zu zucken, sie hatte noch nie meinen Geburtstag vergessen, auch diesen mit einer Mail aus einem thrakischen Internetcafé bedacht, ich zog das Lid an den Wimpern nach vorn, mit einem leisen Schmatzen löste es sich von der Hornhaut, ich ließ es zurück schnappen, drückte mit den Fingerkuppen auf die dünne Haut, bis ich blaue Flecken darunter zu sehen glaubte, das Lid zuckte noch immer.

«Und Marie?»

Ich hatte ihm mehrfach erzählt, dass er nicht mehr nachzufragen brauchte.

«Kann mir schon denken, warum.»

Von der Spree war Nebel aufgestiegen, bis zu den Sandsteinbrüstungen der Friedrichsbrücke hinauf, das Geländer, der Handlauf, die verzinkten Lichtmasten der Straßenlaternen glänzten so nass, als wäre ein satter Regenschauer über sie niedergegangen; es war kurz nach zehn am Morgen, die Museumsinsel verschlafen wie sonntags um acht, die Touristen schlangen noch das Rührei und die Croissants von den Sternehotelbuffets herunter oder kämpften in den Schlafsälen der Hostels mit den jeweiligen Vergiftungen der vorangegangenen Nacht.

Zwei Uniformierte bewachten das Wohnhaus der Kanzlerin, ich bog in die Bauhofstraße zum Hegelplatz, um den die M 12 ihren Endhaltestellenbogen fuhr, die Eisenräder schrammten so schrill die engen Kurven entlang, dass meine Ohren zu jucken begannen; außer einigen umso geräuschloseren, in beruhigender Gleichmäßigkeit in ihre Pedalen tretenden Studenten war niemand unterwegs.

Ich sah auf die Uhr. Ihre Abschlussprüfung wäre in fünf Minuten beendet. *Montage und Simultaneität bei Alfred Döblin.* Als wir uns am Vorabend verabschiedet hatten, war ich aufgeregter gewesen als sie, blieb es mir doch ein Rätsel, wie man zwei mal fünfundvierzig Minuten lang kluge Sätze zu zwei wenig griffigen Vokabeln und einem mir schlecht bekannten Autor verfassen konnte, und das in einer Sprache, die nicht einmal die eigene war.

Vor dem Eingang Dorotheenstraße 24 blieb ich stehen. Vornehmlich schwarz gekleidete, zu einer menschlichen Trutzburg im Kreis vereinte Studentinnen stießen Rauchwolken aus, europäische Akzente klangen durch das gemeinsame Deutsch hindurch, mit dem sich alle so abmühten, *Das Thema war gar nicht abgemacht,* beschwerte sich eine Belgierin oder Französin, *Ich hab geschrieben, das Collage ist heute veraltet,* antwortete eine spanisch klingende Stimme, und eine Polin oder Tschechin stöhnte: *Ach, echt, wir durften Wörterbücher benutzen?*

Marie war nicht unter ihnen. Marie kam nicht fünf Minuten später und nicht nach einer Viertelstunde, die Studentinnen verabredeten sich zu einem *çay* in die tadschikische Teestube im Palais am Festungsgraben, *Da darf man noch rauchen!,* sie schnappten sich ihre Räder, *Allez hop, bis gleich!* Über die Wiese auf dem Hegelplatz flüchtete ein Feldhase mit klopfenden Hinterläufen in Richtung des S-Bahn-Bogens, ich hatte geglaubt, die Hasen und Füchse lebten nur bei mir im Osten, die Platanen, die den Platz säumten, waren kahl, ich wartete eine halbe Stunde.

In meiner Hochparterrewohnung waren die Fensterscheiben von innen beschlagen, wie immer im Winter und meistens im Frühling, im Herbst, die Wohnungsbaugenossenschaft hielt Doppelglasfenster für neumodischen oder zumindest unbezahlbaren Luxus, und als ich Licht machte, sah ich mich in den Scheiben wie in blind gewordenen Spiegeln, matt, altertümlich und grau. In den wenigen

Wochen, die ich mit Marie bereits zusammenlebte, hatte ich gelernt, dass es keinen Grund gab, sich Sorgen zu machen, ich war müde von der Nachtschicht und verbrachte den Tag mit *Zitty* und *Vision*s im Bett.

Marie klingelte abends um acht.

Sie hörte mir zu.

«Danke, Jesus, das ist wirklich lieb von dir. Aber ich hab gar nicht mitgeschrieben.»

Ihr Atem roch nach Anis.

Es sei eine langweilige Erasmusprüfung gewesen, nur für das Auslandssemester, im Grunde zähle das hier alles nicht; ich hatte gelesen, die europäischen Studiengänge seien zunehmend eng über eine Art Punktesystem vernetzt, aber was wollte ich sagen, Marie war es, die von uns beiden studierte, nicht ich.

«Warum hast du mir das nicht gestern gesagt?»

«Na gut, ich hab verschlafen.»

«Und wo warst du den ganzen Tag?»

«Du hattest doch Nachtschicht? Da lässt man dich besser in Ruhe.»

Sie schlug die Decke zurück, unter die ich mich wieder gelegt hatte, stieg zu mir ins Bett. Ihre Stulpen und Röcke und Tops fügten sich zu einem Ganzkörperkunstwerk zusammen, ihre Abnäher und Wimpel und Tücher; die Materialien, in die sie sich kleidete, hatte ich bislang mit Klamotten weniger in Verbindung gebracht, Nylontüll mit Metallicbordüren und Mangabänder mit Röschensaum, manchmal fürchtete ich, sie rieche ein wenig nach Plastik, aber das tat sie nicht.

«Herzlich willkommen, Marie, aber –»

«Bist lieb, Jesus!»

Sie hielt mir die Augen zu, die Ohren oder die Nase, ich war nackt bis auf meine Shorts, hatte das Gefühl, unter ihre Haut zu schlüpfen, musste die Zähne zusammenbeißen; durch alle Schichten von Kleidern zog mich ihr Herzschlag an, ich legte mein Ohr auf ihre Brust und lauschte den Herztönen, steckte meine Nase in ihr Ohr, der Geruch machte mich blind.

Ich musste los.

«Jetzt?»

«Warum kommst du nicht einfach mal mit?»

Bastian hatte uns schon im Neonlicht des geräumigen Glasfoyers erwartet, sein Hawaiihemd war diesmal besonders abscheulich, Strand, Sonnenuntergang, Palmen. Wir begrüßten uns, indem wir die Knöchel unserer Fäuste gegeneinander krachen ließen, das hatte er mir so beigebracht; sein rechter Ringfinger war krankhaft nach innen gekrümmt, und wenn man ihm die Hand schüttelte, hatte man das Gefühl, einen Knochen zu umfassen.

«Ist das deine Frau?»

«Aber klar.»

«Darf ich mal anfassen?»

Er lallte ein wenig.

Er berührte Marie an der Schulter, so behutsam, als drohe sie, dabei auseinanderzufallen, Marie zuckte dennoch zusammen.

«Entschuldigung», sagten beide im selben Moment.

Marie griff nach meiner Hand.

Bastian berichtete mit zu langsamer Zunge von den neuesten Ungeheuerlichkeiten, wie er Rankünе und Rage auf der Station stets bezeichnete, die flüchtigen Hänseleien und Bändeleien, ein Zivi wolle ihn mit Schmerzmitteln vergiften, ein anderer schließe sich mit seinen Patientinnen ein, und dann nuschelte Bastian noch etwas, das ich nicht verstand, Marie aber wurde rot.

«Wie gefällt dir mein Hemd?», fragte er.

«Ist schön, Bastian.»

Im Stationszimmer leerte die Krankenschwester einen Tablettenschieber voll Neuroleptika in den Müll, bestückte den Schieber neu und drückte ihn mir dann in die Hand. Hellmann sei jetzt auch auf Tavor, Bethels solle ich noch mal herunterfahren und Hubert Schwieling beim kleinsten Anlass hospitalisieren.

«Ich wollte dir Marie vorstellen.»

«Hast du soweit alles verstanden? Mein Sohn wartet auf mich.»

Auf dem fensterlosen Gang kamen uns Anna-Luise und Anna-Marie entgegen, Zwillingsschwestern in ihren Neunzigern und in seidenen Nachthemden, die meine Freundin Marie und mich strahlend und kumpelhaft begrüßten; wie jeden Abend brachen die beiden Händchen haltend zur Arbeit auf.

«Wie heißt noch mal Ihre junge Freundin?», flüsterte Anna-Luise. «Mir ist ihr Name entfallen.»

«Sie haben sich noch nicht kennengelernt.»

«Aber sicher, vor vierzehn Jahren! In Zehlendorf.»

«Und wohin geht's?», fragte ich, nachdem ich Maries Namen genannt hatte.

«In die Fabrik!»

«Es ist doch Sonntag, heute!»

Sie sahen sich an.

«Er sagt, es ist Sonntag», wiederholte Anna-Marie für ihre

Schwester, die das nicht glauben konnte. Sie hatte ein kleines, stachelartig hervorstehendes Muttermal am Kinn, das neben Anna-Luises Schwerhörigkeit den einzigen Anhaltspunkt darstellte, die beiden auseinanderzuhalten. Die Schwestern steckten die Köpfe zusammen, tuschelten, flüsterten, meine Freundin lächelte sie an.

«Dann gehen wir eben die Eltern besuchen.»

«Wir wünschen noch einen schönen Abend!»

«Wie alt sind Ihre Eltern?»

«Ach, die!»

Anna-Luise lachte.

«Na los, sag's ihm!» Anna-Marie boxte ihrer Schwester auffordernd in die Seite.

«Hundertvierzig», sagte Anna-Luise knapp.

«Aber dann schlafen sie doch sicher schon?»

«Davor ist keiner gefeit.»

Ich führte die beiden zurück in ihr Doppelzimmer, auf das sie bei der Einlieferung bestanden hatten, in dem kleinen, aufgeräumten Raum roch es nach dem Lavendelkissen, das ihre Enkelin jede Woche erneuerte, nach wenigen Minuten lagen die Schwestern anstandslos mit gefalteten Händen im Bett und bedankten sich für den schönen Tag.

«Marie», sagte Anna-Marie zum Abschied zu meiner Freundin, die im Türrahmen stehen geblieben war, «schönen Namen haben Sie da!» Sie zwinkerten sich zu.

Auf dem Gang küsste Marie meine Wangen.

«Danke, dass du mich mitgenommen hast.»

«Wart Hubert Schwieling ab!»

«Es ist nicht gesund, so lange Single zu sein –»

Ich machte mich darauf gefasst, dass Jakob vor allem den

körperlichen Aspekt seiner Aussage kenntnisreich vertiefen und Enthaltsamkeit als unnatürlich geißeln würde; in zackiger Flugbahn federte eine Libelle von Grashalm zu Grashalm, von fern zog das monotone Brummen eines Rasenmähers herüber, das Brummen kam näher, schien an Höhe zu gewinnen, entpuppte sich als luftiger Schall eines Sportflugzeugmotors.

«Dann tu was dagegen!», erwiderte ich.

«Warum erzählst du deiner Mutter das alles?»

Er zeichnete mit der rechten Hand einen vagen Halbkreis in die Luft, ich wusste nicht, ob er das zugewucherte Anwesen meinte, dessen derzeitiger Verrottungsstand selbst mit dem Polierverbot nicht mehr zu rechtfertigen war, oder meine Marie, seine Damenwelt vielleicht?

«Wie kommst du darauf?»

«Ihr habt doch immer schon unter einer Decke gesteckt. Seit ihr damals, am Strand –»

«Jakob, das ist über zehn Jahre her!»

Vor der Abfahrt sollte ich wenigstens die Wildschweinspuren glatt rechen, Brombeerranken schneiden und Kräuter und Sträucher auf Schnecken absuchen, vielleicht auch den Wildwuchs mähen, welke Blüten und Schoten von Blauregen und Rhododendron zupfen und den Apfelwickler mit Fanggürteln bekämpfen, natürlich war nichts davon erwünscht.

«Ich weiß, dass du sie getroffen hast.»

Die Cessna überflog den Park und nahm Kurs auf den See, in dem ich vor wenigen Stunden mit Alma gestanden, wenn auch nicht gebadet hatte, mit dieser kleinen, gut riechenden Hexe, die ihr Ziel erfolgreicher verfolgte als ich meins.

«Hat Alma –»

«Nein, nein, Alma hat nichts erzählt.»

Ich glaube, er merkte wirklich nicht, dass er damit das Gegenteil sagte.

«Ich wollte erst mal sehen, wie du hier so lebst.»

«Du darfst mich auch einfach – besuchen.»

Er wendete sich wieder seinen Übungen zu, langsamer, schwerfälliger, seine Gesichtsfarbe wurde dunkel, aber er fing nicht an zu schwitzen. Ich versuchte, seinen Blick einzufangen, der zwischen Bizeps und Pulsmessgerät pendelte, mir fiel auf, dass ich seine Augenfarbe nicht hätte benennen können, seine Augen wirkten dunkel, fast schwarz.

Braun? Grün?

«Sie ist deine Mutter», sagte er nur, leicht außer Atem, «selbstverständlich kannst du sie treffen.»

Es klang wie: Du sollst es sogar!

Die Cessna war zu einem entfernten Punkt geworden, den ich nicht mehr sah und nicht mehr hörte, der für mich nur noch existierte, weil ich wusste, dass es ihn gab. Mir wurde schummerig in dem fächernden Spiel aus Licht und Schatten, das aus dem windbewegten Blätterdach auf die Terrasse fand und die Messingechsen und Silberratten und Kupferzwerge in Bewegung zu versetzen schien.

«Man muss das alles nicht übertreiben –»

Er sah mich an, als erwarte er ein zustimmendes oder gar aufmunterndes Wort oder auch nur ein Nicken.

«Karen. Alma –»

«Ja?»

«Es ist mehr ein Spiel.»

Er legte den Kopf schief, ich glaubte, seine Halswirbel knacken zu hören, er ließ die Schultern kreisen, sagte kein Wort.

Das Bild der auf den Ebenholztisch gesunkenen Körper. Alma und er, Kopf an Kopf, die Augen geschlossen, die Ruhe in ihren Gesichtern, inmitten von Zigarillos und Jujuschnaps, auch im Schlaf unverkennbar die Anziehung zwischen Mann und Frau.

Aus der Villa ertönte die Türklingel, Jakobs zahlreiche Freunde wussten, dass er den Draht oftmals abklemmte und klingelten selten, betraten die Villa meist über die Terrasse, auf der wir standen; er nahm sich das Pulsmessgerät vom Unterarm, ohne den Klettverschluss vorher zu öffnen, ging langsam, aber bestimmt ins Haus und zog sich in den Salon zurück.

«Mach niemandem auf!»

Ich folgte ihm und überlegte, wie viele Frauen außer Alma und Karen in Betracht kämen, welche ihn am meisten in Panik versetzen würde, ich musste schmunzeln, über Jakob, über die Frauen, die ihn heimsuchten, über seine pennälerhaften Fluchtversuche, im Foyer blickte ich durch den Spion.

Davor stand ein Mann.

Ich stemmte die Tür auf, die Feder des Türschließers war viel zu hart eingestellt.

«Servus!»

Sein Gesicht wirkte blass und war aufgedunsen, er stand zwei Treppenstufen unter mir und sah mir doch auf Augenhöhe ins Gesicht. Er hatte weder einen Bart, noch war er rasiert, auf seinen Wangen kräuselte sich unregelmäßiger, rotblonder Haarwuchs.

«Ist sie hier?»

Ich verstand nicht.

«Karen?»

Mein Blick irrte umher, die Bambusreihe, der Carport, das Tor mit dem blechernen Seepferdchen blitzten wie Fotos auf, der Mann stieg eine Stufe zu mir empor. Das war also ihr Freund beim Film.

«Es scheint, sie würde hier manchmal aushelfen?»

Er wies mit ausgestrecktem Arm über den Wildwuchs und vor bis zum See. Am Rand der Wiese lagen Ähren und Grassoden vom letzten Herbst, in getrockneten Bündeln, der Bambus streckte Triebe bis weit in den Himmel, Moosflechten sprenkelten den Carport und Taubendreck das Moos.

Im Haus schlug Jakob zwei Flaschen gegeneinander, als wolle er eine Rede halten, das Klirren hallte bis in den Park.

«Schmeiß sie raus, schließ ab und komm her!»

Ich zuckte zusammen, stieg die letzte Stufe zum Fremden hinab, sah ihm nun von unten ins Gesicht.

«Mein Vater. Er ist in letzter Zeit etwas –»

Er machte einen Schritt zurück.

«Na, dann viel Glück.»

«Schmeiß sie raus!», gellte es aus dem Haus.

Der Mann fasste mir an die Schulter und nickte, er hörte nicht mehr auf zu nicken, dann schritt er die Auffahrt entlang und zwängte sich am Tor vorbei auf den Feldweg.

Ich ging zurück in die Villa, die schwere Tür fiel mit einem knappen Schlag ins Schloss. Für einen Moment lehnte ich mich an die Betontreppe, die zur Galerie hinaufführte, und atmete durch. Nur wenige Sekunden später schlich Jakob heran.

Er blieb stehen, massierte sich den Nacken.

«Ist sie weg?»

«Er.»

«Blond? Halbglatze?»

«Kennst du den?»

Jakob schnalzte mehrmals mit der Zunge, wobei er den Kopf schüttelte.

«Den doch nicht, ach was!»

Er zog mich zurück in den Salon, schnallte das Pulsmessgerät wieder um, auf dem Esstisch lagen noch immer die Reste von Dottos Frühstück, wie konserviert fürs Museum, wie unter einer Vitrine aus Plexiglas.

«Die Verwirrtennummer nehm ich dir wirklich nicht ab.» Ich tippte mir gegen die Stirn. Jakob ließ sich auf den Boden fallen, ging in die Hocke und machte einige langsame Kniebeugen.

«Neunundneunzig», murmelte er zufrieden.

Ich spielte mit dem Kaffeewunder, drückte auf Knöpfe und strich über Tastfelder, das Display zeigte ein um Monate veraltetes Datum und mit zweiundsechzig Uhr zwölf eine gewagte Uhrzeit an. Was trieb Jakob in diesem Haus, wenn ich fort war? Das letzte seiner Firmenengagements lag Jahre zurück. Betrank er sich? Hatte er wirklich keinen Computer? Er schien niemals allein zu sein. Wir telefonierten selten, schrieben uns nicht. Datum und Uhrzeit ließen sich nicht programmieren, stattdessen setzte sich das Mahlwerk ohne Bohnen in Bewegung, der Milchschäumer zischte, aus dem Gehäuse drang der Geruch von Halbleiterplatinen.

«Es ist hilfreich, nicht immer ganz zurechnungsfähig zu sein – es wird einem sehr viel verziehen.»

Ungewollt ließ ich einen Espresso aus dem Wunder, der in die Auffangwanne tröpfelte.

«Mal verlachen sie mich, mal umsorgen sie mich, mal verfluchen sie mich. Nie kann ich etwas dafür. Ich bin verlassen worden. Ich lebe allein in diesem Haus, zweihundert Quadratmeter, ein Mensch. Da ist es normal, dass ich nicht ganz normal bin.»

«Du bist doch kaum eine Minute allein?»

«Nicht eine Minute ohne Begleitung, vielleicht.»

Er ging von Kniebeugen zu Liegestützen über, ich bestaunte seine trainierten Waden, das breite Kreuz, am Hinterkopf begannen sich seine Haare doch ein wenig zu lichten. Ich weiß nicht, ob es die beginnende Glatze war oder seine Ansprache, deren unerwarteter Ernst mir schmeichelte, jedenfalls stellte ich mir Jakob in zwanzig Jahren vor, aufrecht oder am Stock, gesund oder krank, in jedem Fall alt, etwas zog sich in meinem Magen zusammen, ich kniete mich neben ihn auf die Fliesen, nur mehr auf Armlänge von ihm entfernt, betrachtete die Adern auf seiner gebräunten Hand.

«Dann kommt Marie also nicht nach?»

«Sie ist wieder in Marseille.»

Er unterbrach seine Liegestützen, näherte sich mir auf allen Vieren wie ein schwarzgelockter Riesenkrebs und sah mit einem Blick zu mir herüber, der mich wieder an Bastian erinnerte, Bastians IQ war seit seinem Unfall zweistellig und die erste Ziffer keine neun.

Er sprang in den Stand.

«Wird schon wieder.»

«Seit bald sechs Monaten, Jakob.»

Die *Liebe zum Schlaf* hatte ihn in den ersten Stock getrieben. Ob noch immer das überbreite Bett mit seinem verbleichenden Fingerfarbauftrag das Boudoir ausfüllte? Alma zufolge schien zumindest der Spiegelschrank, ein winkelschiefer Sperrholzkasten, weiterhin zu bestehen. Die Ruhe im Park wurde hinter den Betonwänden zu einer lastenden Stille, der feuchte Geruch aus dem Foyer hatte in weitere Räume gestrahlt, ich ging ins Badezimmer, Jakobs Mentholparfüm lag zu penetrant in der Luft, als dass es die Feuchtigkeit angenehm übertüncht hätte, ich machte Licht.

Der Spiegelschrank war links und rechts von blauen Seepferdchen aus Tiffanyglas gesäumt, hinter denen nun kurze Neonröhren aufflackerten, es gab triste und lachende Tiere, tanzende und schlafende, allesamt blickten sie in Richtung des Spiegels, den mehrere Schichten von Zahncremeflecken verunstalteten. Es war, als ob die Seepferdchen ihrerseits betrachteten, wer sich im Spiegel betrachtete, auch mich schienen sie zu mustern, die Ringe unter den Augen, die fettige Stirn. Ich griff nach den Flügeltüren und wollte sie öffnen, allein schon, um mein eigenes Abbild zu vertreiben, etwas hielt mich zurück.

Links neben den Seepferdchen war ein faustgroßer Messingdrachen in die Wandfliesen gelassen, dessen zackenkammüberzogenes Drachenmaul mehrere Zentimeter aus der Wand ragte und eine Zahnbürste aufnahm, deren Borsten seitlich abstanden. Der längliche Unterkiefer des Drachen war kurz hinter dem Gelenk abgebrochen und mit einer hilflosen Konstruktion aus Gummiringen und schmutzigen Klebefilmstreifen am Oberkiefer befestigt, ich versuchte, die Zahnbürste aus dem Messingmaul zu nehmen, es schien nach meinen Fingern zu schnappen.

Auf der Ablage neben dem Waschbecken lagen mehrere spröde gewordene Ersatzgummis, daneben häuften sich Tiffanyscherben und Messingaugen und Silbersterne, verbogene Kupferbahnen und Reißzwecken, von denen die Plastikkuppen entfernt waren, unzählige gehärtete Stecknadeln aus Stahl, daneben ein Lötkolben und Zinn. Ich stellte mir vor, wie Jakob mit einer Auswahl aus diesem Ersatzteillager auf der flachen Hand durch das Haus schlenderte, um die bröckelnde Kunst seiner Frau zu flicken, er richtete umgeknickte Seepferdchen wieder auf und lötete Schilfgras nach, hämmerte Messingsterne in die Wandinstallationen und schiente gebrochene Fabelwesenbeine mit Klebefilm, er fixierte die lamellenartigen Silberbordüren mit einer Heißklebepistole an den Fensterrahmen und lötete stundenlang die Kleinen Existenzen auf der Terrasse zurecht, die Messingechsenschwänze und Rundrohrtrollnasen, nach starkem Regen oder nach einem Sturm.

Wenn ich auch sonst nicht recht weiterkam – ihre Kunst wurde gepflegt und umsorgt. Ich löschte das Licht, die Seepferdchen verabschiedeten sich mit einem bläulichen Flackern, im darauffolgenden Dunkel blinkten die Tiere in komplementärem Gelb auf, die Umrisse verschwammen, lösten sich auf.

An der Messingklinke der Badezimmertür stieß ich meinen Ellbogen an und tastete leise fluchend nach Licht. Wie oft war ich in diesem Haus an hervorstehenden Kreuzbartschlüsseln und historischen Türklinken hängen geblieben, während ich nach einem Lichtschalter gesucht hatte? So klar die Wände gegossen waren, so verspielt hatte Iris die Armaturen an Türen und Fenstern gewählt: antiquarisch erworbene Vollmetallschlösser steckten in Resopaltüren aus dem Baumarkt, an kahlem Beton hingen ausufernde Wandspiegel im Jugendstil und daneben Rosettenhähne über Zierwaschbecken aus altem Emaille. Wenn ich aus der Ferne an die Betonvilla meiner Eltern dachte, war sie zuallererst dunkel, und als nächstes voller schmerzender Widerhaken aus Metall.

Die Villa meiner Eltern, wiederholte ich in Gedanken und wunderte mich, dass sich diese Wortfolge nun wieder eingeschlichen hatte, über zwei Jahre, nachdem aus ihrer Villa sein Haus geworden war, die Sonne hinter den Bullaugen lotste mich in den Salon, der leer und still im Halbdunkel lag. Wie viele Stunden hatte ich bereits aus den runden *Panoramafenstern* gestarrt? Man konnte das Ufer nicht sehen von hier oben, weit entfernt aber leuchtete das Wasser, die Oberfläche in Millionen Lichtpunkte gebrochen, der Thurgau unter Dunst versteckt.

Aus meiner Hochparterrewohnung hätte ich allenfalls Aussicht auf die Frisuren und Wuschelköpfe meiner Nachbarn gehabt, zur Hofseite hin, und in der Straße, zu der ich ohnehin kein Fenster hatte, schloss manchmal ein Inder und manchmal ein Vietnamese, und manchmal erlosch in einer weiteren Straßenecklaterne das seit Wochen flackernde Licht.

Was Alma nicht eingesteckt hatte, zog auf dem Esstisch dickliche Schmeißfliegen an; Ciabatta und Baguettebrötchen, Schnittlauch und Oliven waren kaum weniger geworden, nur Dottos Teller verriet, dass hier jemand vor Stunden gefrühstückt hatte, und das mit lebendigem Appetit.

Ich schnupperte an Almas Messer, es roch an der Klinge nach zuckriger Nussfüllung und am Griff nach kaltem Metall. Der Platz, auf dem der zersprungene Teller stand, wirkte nur vorübergehend verlassen, als komme sie gleich wieder zurück. Ich setzte mich auf Almas Stuhl und trank ihre Anakondatasse aus und kippelte mit dem Stuhl. Von oben glaubte ich, Jakobs Schlafatem zu hören, tief und gleichmäßig, die Tasse schmeckte nach Alma oder eher nach ihrem Lippenstift, der Rand der Tasse hatte keinen Farbauftrag, vielleicht benutzte sie einen farblosen Fettstift, mein Haaransatz begann im Nacken und hinter den Ohren zu kitzeln.

Die beiden Hälften des Tellers warf ich in den Müll, räumte nicht weiter ab und verließ das Haus. Draußen brauchten meine Pupillen einen Moment, sich an den grellen Frühsommertag zu gewöhnen, dann erkannte ich Karens schwarze Silhouette gegen das Sonnenlicht, sie kam auf mich zu. Auch im Gehen rauchte sie ihre Selbstgedrehten, und wenn sie weiterhin derart süchtig bliebe, hatte Iris gespottet, würden wir uns bald nicht mehr nach ihren Lungen, sondern nach denen ihres Spenders erkundigen müssen.

Auf halbem Weg zwischen Haus und Tor blieben wir stehen.

Sie hustete.

Jemand müsste ihr dringend Nichtraucherfibeln kaufen und zu Hypnose und Autogenem Training raten, aus Kanada und Indien Zigarettenpackungen und Tabakbeutel mitbringen, auf denen Fotografien von Lungentumoren und Raucherbeinstümpfen gedruckt waren und vor ihren Augen Plastikmodelle verrußter Raucherlungen aufklappen, ich fühlte mich nicht in der Pflicht.

«Hat er dich auch vertrieben, Philip?»

Sie sah mich mit einem Blick an, der nicht zum spitzen

Ton ihrer Bemerkung passte. Bedauerte sie mich? Verspottete sie mich? Links und rechts setzte sie mir Küsse auf die Wangen, und ich bewegte mich nicht.

«Was soll das?»

«Hättest du dich für Medizin eingeschrieben, wär das nicht passiert! Oder wenn es dafür nicht gereicht hat, für Zahnmedizin – und was war eigentlich mit Veterinärmedizin, kam das nie in Betracht?»

«Du kannst das nicht verstehen, Karen, aber meine Arbeit macht mir Spaß. Ich hab gar keine Lust, den ganzen Tag Chef zu sein. Und was Jakob betrifft: er schläft.»

Ihre Schultern sackten umgehend herab, ihr ganzer Körper büßte an Größe ein, selbst das Blau ihrer Augen schien an Farbe zu verlieren, sie versuchte, den kurzen Kontrollverlust umgehend durch ausgiebiges Schulterkreisen zu verbergen, als mache sie nur eine Lockerungsübung, als sei sie nur ein wenig verspannt.

«Dann komm ich später noch mal.»

«Bleib ruhig. Aber kannst du nicht einfach mal fünf Minuten normal sein?»

Sie streckte ihren Rücken durch, presste die Lippen fest aufeinander, bis das violette Rot sich beinahe weiß färbte, dann zeigte sie ihre Hände vor, als erwarte sie einen Schlag mit dem Rohrstock darauf.

«Zu Befehl!»

Sie hakte sich bei mir unter, wie es die weniger trittsicheren meiner Patienten taten, wenn ich sie auf die Straße oder auch nur ins eigene Bad begleitete; ihre Armbeuge schien nicht mehr zu schmerzen, aus dem aufgeschlagenen Revers des Seidenmantels strömte mir Wärme entgegen, die Wärme roch gut. Wir gingen auf die Terrasse, betraten den

Kleinen Existenzenpark; ich rückte die beiden Korbsessel zurecht, sie setzte sich nicht.

«Eigentlich wollte ich nur die Sprühsahne vorbeibringen. Ohne Zucker, schau mal –»

Karen klopfte mit dem ungeschnittenen Nagel ihres Zeigefingers auf die weiße Plastikhaube einer Sahnekartusche, die ich erst jetzt aus ihrer Handtasche hervorragen sah, als nächstes würde sie einen Kuchenheber vorbeibringen und dann eine Schere für das Zellophanpapier.

«Das ist doch widerlich, Karen. Und der Kuchen ist ohnehin voller Puderzucker –»

«Ihr habt schon probiert?»

Sie stellte sich auf ihre Zehenspitzen und spähte durch eines der Bullaugen in den Salon, wie es Alma am Vorabend getan hatte, mit den Fingern zählte sie die Frühstückstassen ab und inhalierte zweimal hintereinander Rauch, ohne einen Zwischenzug Luft zu nehmen.

«Jakob, Dotto und du», zählte sie, während sie in kurzen Stiefeln zwischen den metallenen Parkbewohnern hin und her lief, «und eine vierte Tasse für mich, wie liebenswürdig von euch!»

«Du glaubst nicht, dass ich mich jetzt für Alma und Jakob entschuldige?»

«Sie ist doch viel zu jung für ihn!»

Karen machte eine halb verärgerte, halb resignierte Handbewegung, als habe sie auf der Autobahn die Ausfahrt zu spät entdeckt. Sollte ich Karen vom Besuch ihres Freundes erzählen? Vermutlich wusste sie selbst am besten, dass er nach ihr suchte. Im Folgenden entspann sich einer der seltenen Momente, in denen Karen tatsächlich gar nichts sagte, sie kickte mit ihren Stiefeln gegen Echsen und

Trolle, ein leises Scheppern ertönte, bei losen Schwänzen und Rüsseln auch mal ein lauteres Klappern. Es war nicht ganz klar, ob Karen die Tiere auf ihre körperliche Unversehrtheit untersuchte, oder ob sie ihrer Nervosität Luft machte, ob sie bemerkte, wie sie ohnehin lose sitzende Lötteile weiter lockerte, bis das Augenpaar einer Kupfereule auf den Klinker der Terrasse fiel.

«Dieser ganze Schrott!»

Bei dem letzten Wort geriet sie wieder ins Husten, das Wort klang explosiv und um eine Silbe erweitert. Noch vor wenigen Jahren war sie bei Iris in die Schule gegangen, um auch ihre eigene Welt mit Trollkopien und Echsenpastiches zu beleben; ich bückte mich nach den beiden Unterlegscheiben, die tatsächlich an Eulenaugen erinnerten, und versuchte, sie wieder einzuhaken, ein ums andere Mal fielen sie zurück auf den Klinker.

«Und wie heißt ihr neuester Liebhaber?»

Ich brauchte einen Moment zu verstehen, dass sie nicht mehr von Alma sprach.

«Was hat sie dir eigentlich getan?»

«Du musst endlich mal aufwachen. Wir liegen nicht mehr an der Adria zusammen. Sag schon: Ist es noch der Sammler? Aus Hamburg?»

«Nein, verdammt. Keine Ahnung, mein ich –»

Ich kniete mich vor die Kupfereule, in der gebückten Haltung fiel es mir schwer durchzuatmen, meinem Brustkorb fehlte der Platz, die Unterlegscheiben fanden noch immer keinen Halt.

«Aber sie hat dich besucht!»

Im Universum meines Vaters verbreiteten sich die Nachrichten schneller, als ihnen guttat; ich stand auf und öffnete den Mund ohne etwas zu sagen, Karen reagierte mit einigem Spott, der sowohl das Wort Jüngele als auch das Wort Dümmele beinhalten konnte, Genaueres war nicht zu verstehen.

«Nun stell dich nicht an. Ich hab dich damals in den Kindergarten gebracht!»

Mit dem Fuß schob ich die Unterlegscheiben gegen den Holzsockel der Eule, Karen drehte sich in der Luft eine neue Zigarette, ein Kunststück, das trotz zitternder Finger gelang.

Letzten Mittwoch, vor nicht einmal zweiundsiebzig Stunden, hatte mich der Dreiton meiner Berliner Türklingel erschreckt, es war zu spät für die Paketpost gewesen und zu früh für die Oboistin im Seitenflügel, deren Spiel mich dazu zwang, mit Ohropax zu schlafen, und die ihre Internetversandpakete selten vor Mitternacht bei mir abholte. Natürlich kannte ich ihre Bedürfnisse, eine Künstlerin musste üben, eine Künstlerin durfte nachts niemals schlafen, dennoch gingen die rosa Wachskugeln ganz schön ins Geld.

Nicht die Oboistin, meine Mutter bat dann um Einlass, in Sandalen reichte sie mir nur bis zur Brust, ihr Reiserucksack stand wie ein Schutzschild zwischen uns auf dem Boden, wir waren uns nicht mehr begegnet, seit sie drei Monate zuvor ein letztes Mal in den Osten aufgebrochen war, diesmal allein.

«Dass du meine Adresse im Kopf hast!»

«Ich werd doch nicht wie dein Vater!»

Schon ihre Bestellung geriet zur Belastungsprobe für meine Contenance, wir gingen zum Inder in meiner Straße oder zumindest in die Räume, die jahrelang ein indisches Restaurant beheimatet hatten, vielleicht kochte längst ein

Vietnamese darin oder ein Taiwaner, das Essen war ohnehin immer das gleiche. Sie bestellte Thai-Auberginen mit Jasminreis und ein Meeresfrüchte-Curry, um wenig später den Jasminreis durch Basmatireis zu ersetzen und das Curry wieder abzubestellen: der Kellner konnte nicht garantieren, dass die Chilischoten aus Bangladesch stammten und die Bambussprossen nicht aus der Dose. Zu diesem Zeitpunkt war ich längst außerstande, dem Mann ins Gesicht zu sehen, sie aber musste weiterhin klären, ob die Kreuzkümmelsamen fettfrei oder wenigstens mit indischem Ghee geröstet, zumindest aber nicht in Sonnenblumenöl geschwenkt seien, schließlich orderte sie Biryanireis, sagte: «Nein, doch lieber die Meeresfrüchte, nur ohne Curry!», den Blick auf meine Finger gerichtet, sagte ich: «Für mich bitte die Hundertzehn.»

«Also?»

«Ja, sie war da.»

«Nach zwei Jahren ohne jeden Kontakt steht sie einfach vor deiner Tür?»

«Wer sagt denn, dass wir keinen Kontakt hatten?»

«Warum besucht sie dich jetzt? Was will sie auf einmal von dir?»

Schon bald saß Iris vor Wasserschnecken und Scampi, vor Langusten und Krabben, die sich schlussendlich neben einer Mischung aus Basmati- und Jasminreis türmten, und ich sah keinen Grund, Karen zu berichten, wie sie mit großer Lust Antennen und Fänge brach und schon bald auch mir das weiße Fleisch auf den Teller legte, wie sie nach einem Glas zuckrigen Pflaumenweins energisch zwei herbe Pils bestellte und mir ihren Zustand verriet, indem sie zunächst von allem, nur nicht vom Anlass unserer Begegnung sprach. Erst als sie mich für den Morgen nach meiner Rückkehr zum gemeinsamen Frühstück eingeladen hatte, konnte sie zulassen, dass ich für sie zahlte; sie wolle in Berlin auf mich warten, ich habe doch sicher ein Gästebett?

Für unseren anschließenden Spaziergang entlang der Hochbahn, an Sofabars und Kickerschuppen vorbei, fehlte mir am Abend vor meiner Abfahrt die Ruhe, ich hatte noch nicht einmal Socken und Hemden bereit gelegt, konnte das aber nicht zugeben, Hemden legte man nicht bereit, Hemden knüllte man in letzter Sekunde zusammen, ohnehin trug man eigentlich T-Shirts. Iris bedrängte mich, immer weiterzugehen, rechts von uns tauchten die Schemen von Osthafen und Molecule Man aus dem lichterflackernden Dunkel, auf der anderen Seite ragte der kühne Backsteinkeil des Gewerkschaftsgebäudes in den Nachthimmel, dahinter umso altertümlicher der Turm des Roten Rathauses, das Wahrzeichen aber hielt sich mitsamt seiner Kugel und dem Blinken an der Spitze hinter einem Wolkenband versteckt.

«Mit dem Sammler ist nichts mehr.»

«Ist er –»

«Nein, das nicht. Er hat sich nur eine andere genommen.»

«Sobald sie versetzt wird, sobald sie sich alt fühlt, kommt sie zurück?»

«Sie ist etwas nervös, zurzeit. War es auch in Berlin.»

«Kein Wunder, wenn sie dich so plötzlich wiederentdeckt.»

Sie sah überraschend jung aus, befreit von den letzten Ethnoaccessoires, die mich schon immer an ihr gestört hatten, sie trug keine Lederarmbänder mehr und keine Holzperlen, vertraute ihrem Gesicht ohne weiteren Schmuck, nur ihren Augen hatte sie einen Strich Eyeliner verpasst. Sie ähnelte noch immer ihrem Pressefoto, das zusammen mit der ersten Tiffanyserie entstanden war, vor über zehn Jahren, wahrscheinlich lag das Foto als tägliche Vorlage in ihrem Necessaire.

Im Gegensatz zu ihren früheren Kleidern, die vor allem im Sommer gerne ins Sackartige abgeglitten waren und deren Stoff mindestens leinengrob gewebt zu sein hatte, trug sie nun ein zwar schlichtes, aber figurbetontes Sommerkleid mit beinahe dirndlhaftem Ausschnitt und schmalen Rüschen am Oberarm, nicht so streng wie ein Abendkleid und nicht so verspielt wie die Mädchenkleider, in denen die Dreißigjährigen sich auch diesen Sommer wieder jung fühlten.

Sie hatte Karen durchaus geähnelt, früher, mit ihrer fast weißen Haut, der kindlich gebogenen Nase, nun aber fielen vor allem die Unterschiede auf, der schmalere Körperbau, die feineren Hände, Iris war weicher geworden, wenn auch nicht rundlich, ich glaubte, ihr die letzten beiden Jahre ansehen zu können, in der Art, wie sie ihren sonnengegerbten Arm nach mir ausstreckte, wie sie mich anlächelte, ohne dass die Fältchen in ihren Augenwinkeln ins Relief gerieten; die Oberbaumbrücke begann unter der Last der Busse und Lastkraftwagen mittig zu schwingen, Iris hielt sich an meiner Schulter fest, lachte über die überraschend stark in die Knie fahrende Bewegung, die auch mir leichten Schwindel verursachte.

Am Osthafen kletterten wir dann auch noch über die Absperrung, sie hätte ihre Erziehung für gescheitert erklärt, wenn ich sie auf das Verbotsschild hingewiesen hätte, sie half mir über die Balustrade, nahm mich auf der anderen Seite in Empfang, und da sie mich nun schon mal im Arm hatte, sagte sie: «Alles Gute noch mal zum Geburtstag! Per Mail zählt das doch irgendwie nicht!»

«Karen, nun hör mal zu! Wir haben uns sehr wohl gesehen, in den beiden Jahren. Nur seit März eben nicht. Sie war wieder aufgebrochen. Überland nach Istanbul. Drei Monate, noch mal die alte Tour.»

«Wieder mit dem Klempner?»

«Auf seinen Spuren.»

«Iris? Allein?»

Sobald wir an der ungesicherten Hafenkante entlang die Spree abliefen, den Blick abwechselnd auf den dunklen, trägen Strom und dann wieder auf die eigenen Füße gerichtet, berichtete sie dann doch von ihrer letzten Fahrt über den Balkan, die mit der liebestaumelnden zuvor außer der Strecke keinerlei Gemeinsamkeiten aufwies. Zwei Frauen im bulgarischen Karlovo, die sie für Freunde gehalten hatte, ließen sie nicht einmal in ihre Vorstadtwohnung, sobald die beiden sahen, dass sie ohne den Klempner im Flur stand, ihr damaliges Liebeshotel in Istanbul, das Büyük Londra in Beyoğlu, war wegen Filmarbeiten geschlossen, und schon nach wenigen Tagen hatte sie ein englischsprachiges Reisebüro aufgesucht und einen Flug nach Tegel gebucht.

«Nach Hamburg war keine Maschine mehr frei. Dann bin ich eben nach Berlin.»

«Erklär dich nicht – ist doch schön, dass du hier bist!»

Als wir uns dem riesigen Verladekran näherten, den sie sofort als Messingmodell nachbauen wollte, und zwischen Bauxithügeln und rostigen Spreekähnen über Metallringe und Eisenkabel stolperten, schwor sie bereits wieder, dass sie den Klempner nur nach Budapest hatte begleiten und dann wieder an den See zurückkehren wollen, damals, als sie das erste Mal in den Osten aufgebrochen war; sie hielt tatsächlich Zeigefinger und Mittelfinger in die Luft, als spreche sie einen Eid, sie hatte mir das bereits geschrieben und auf früheren Treffen geschworen, vor ihrer letzten Fahrt und nach der zuvor, mit jeweils zwei beharrlich gestreckten Fingern in der Luft.

«Ich konnte ja nicht am Abend nach meinem Platzverweis wieder an der Tür scharren.» Wir setzten uns auf die eisenbeschlagene Hafenkante, ich blickte unbemerkt auf meine Uhr, sie fügte auch diesmal hinzu: «wie ein reuiges Tier!» Und dann habe es eine Zeit gegeben, eher nur einen Augenblick – das wiederum hörte ich zum ersten Mal –, in dem sie tatsächlich nicht mehr gewusst habe, ob sie Jakob nicht versuchsweise durch den Kunstklempner ersetzen solle, seine Eifersucht durch dessen Liebeseifer, der Klempner jedenfalls habe sie kurzerhand in den Zug nach Belgrad gesetzt, und dann nach Bukarest in den Bus, und so sei das weitergegangen, bis in die Türkei hinein.

«Glaub mir, ich wollte das nicht!»

«Ihr wart nie ein Paar?»

«Er wollte, dass ich mich von Jakob trenne.»

«Aber der Sammler –»

«Ach, der!»

«Also habt ihr euch wenigstens ausgesprochen?»

«Wir waren essen zusammen. Ich hab dann gezahlt, den Rest klären wir, wenn ich zurück in Berlin bin.»

«Sie hat dich nicht einmal eingeladen?»

Auf der anderen Seite der Spree schnitten blaue und grüne Farblaser in den Abendhimmel, die Caféflöße waren puffrot ausgeleuchtet, die Gäste feierten in Shorts und in T-Shirts, seltsam uniform zum nicht bis zu uns herüber dringenden Rhythmus, wie ferngesteuert von einer sich nicht zu erkennen gebenden Macht.

Ein Ausflugsdampfer der Stern-und-Kreis-Schifffahrt unterquerte von Westen die Oberbaumbrücke, an Deck sektkelchtragende Anzugträger, die Damen im Abendkleid, nackte Schultern, Hüte gar, der Bordmusiker ein einzelner Saxophonspieler, dessen ruppige Läufe über das Wasser rollten und sich an der Hafenmauer brachen, auf der Iris zu den wie hinausgeschrieenen Tönen nicht einmal mit den Füßen zu wippen begann.

«Willst du denn gar nicht nach Hamburg zurück?»

«Das ist doch Wayne Shorter?»

«Aber wo hast Du gewohnt? Vor deiner Abfahrt?»

«Herbergen. Hotels.»

«Du hast es so gewollt, damals.»

«Der Sammler – wie du ihn nennst – war alt, so unglaublich alt. Er hatte einen Baum mit Lametta und Kerzen.»

«Der im Heim hatte das auch.»

«Ich weiß, ich weiß –»

Natürlich habe sie in der Villa hin und wieder einen Brief bekommen oder einen kleinen Blumenstrauß, sagte sie, wobei sie Teerklumpen und halbzentimeterstarke Nägel in die Spree warf, aber auch wenn sich Jakob das zu glauben weigere, habe sie niemals *durchstarten*, sondern allenfalls eine Platzrunde drehen wollen, um das Treiben am See einmal von oben zu sichten. «Mein kleiner Klempner damals war doch kaum älter als du», sagte sie, womit sie knapp zwanzig Spenglerjahre unterschlug, erst nach ihrem *Platzverweis* habe sie sich dem Mann dann verschrieben, und, falls mich das überhaupt interessiere, so unschuldig, wie den Weingroßbauern zur Zeit meiner *Strandstunden* auch.

Ich erinnerte mich an die Digitalfotos, die sie mir fast täglich gemailt hatte, von Bettlern in Wien und von Bettlern in Sofia, sie hatte mir keine Ansichten von Kunstdenkmälern und von historischen Bauten geschickt und schon gar nicht von ihrem Klempner, sie hatte ausschließlich Fotos von Bettlern gemailt, die ihren staunenden Begleittexten zufolge immer gesprächiger geworden seien, je weiter östlich sie gekommen war, allenfalls im Hintergrund waren manchmal die renovierten Stadtmauern von Dubrovnik zu vermuten, der Volkspalast von Ceauşescu oder das Sonnenglitzern auf dem Goldenen Horn.

«Und nach dem Essen?», fragte Karen, als ich zu lange schwieg. Sie lehnte an dem janusköpfigen Stahldrachen, dem einzigen Bewohner des Existenzenparks, der Hüfthöhe überschritt.

«Sie hat dann bei mir übernachtet, und am nächsten Morgen musste ich auf den Zug.»

«Und nun spionierst du hier für sie rum?»

«Du spionierst wohl im eigenen Auftrag?»

«Warum hat sie dir nie gesagt, dass es aufgehört hat mit dem Sammler?»

«Es hat wohl nie richtig angefangen.»

Iris lehnte sich an mich, ihre Haare fielen über mein T-Shirt, streiften meinen Nacken, ihr Oberkörper wirkte so schmal wie der von Marie. Eine laut zerberstende Bierflasche ließ mich aufschrecken, hinter uns zogen zwei Jungs und ein Mädchen vorbei, allesamt in bunten Motorradjacken, die für den lauen Abend zu warm waren; die Jungs zeigten auf Iris und mich und johlten, ich zog meinen Arm von ihrer Schulter zurück, Iris aber genoss das Missverständnis und legte den ihren um meine Hüfte; die Saxophonläufe des Bordmusikers verhallten, sobald der Ausflugsdampfer die Elsenbrücke unterquert hatte und den Treptower Hafen ansteuerte, die Biertrinker lachten, die Laser schnitten ihre blauen und grünen und unbeständigen Muster in die Nacht, eine Taube flog auf, sprenkelte die Hafenkante und einen der rostpockennarbigen Poller.

«Ich hab ja nur ein paar Wochen bei dem, nun, Sammler gelebt. Er hatte eine große Garage, für meine kleinen Echsen. Meine kleinen Echschen! Er konnte nichts ernst nehmen, las nicht mal *Monopol*. Deinen Vater hab ich immer bewundert, dass er gekämpft hat. Nie ist er zynisch geworden!»

«Er verspottet jetzt seine alten Kämpfe. Als würd er sich dafür schämen, dass ihm früher mal was wichtig war. Aber keine Sorge: Die *Monopol* hat er nicht gekündigt!»

«Der kriegt doch nur keine Aufträge mehr.»

«Er sagt, er denkt jetzt nur noch an sich.»

«Und wird er glücklich damit?»

«Bist du's denn geworden?»

Die Bierflaschenjugendlichen hatten inzwischen das Stahlmonstrum des Behalabaggers erreicht, versuchten, das zackige Gerät in Bewegung zu versetzen, nahmen zu zweit und zu dritt in der Baggerschaufel Platz, ohne den Hebearm auch nur einen Zentimeter zu senken, rissen sich dann die Motorradjacken von den schmalen Körpern, stiegen aus ihren Jeans, standen einen Moment unentschlossen und halbnackt neben den Kohlebriketts; das Mädchen, mit nichts als einem dünnen Bustier, sprang zuerst.

Iris beobachtete genau, wie die Jungs hinterhersprangen, wie sich dann alle drei an der Hafenleiter emporzogen, wie sie sich schüttelten und einander nass in die Arme fielen, um schreiend erneut im Wasser zu landen, prustend wieder aufzutauchen, zitternd die Leiter zu erklimmen, immer in Bewegung, immer in Berührung, und immer wieder von vorn. Mit einem Lächeln und mit halb geschlossenen Augen sah Iris mich an.

«Als wären sie eben erst geschlüpft!»

«Was geht dich das eigentlich alles an?»

«Warum hältst du noch immer zu ihr?»

«Sie ist meine Mutter, Karen.»

«Sie hat auch dich sitzen lassen, damals.»

«Wir hatten in den letzten beiden Jahren mehr Kontakt als jemals zuvor. Er vergisst meine Geburtstage, nicht sie.»

«Ich hab das alles kommen sehen, damals schon, als sie noch hier wohnte. Sie kennt nur sich und ihre Männer, sonst nichts.»

«Ihr wart mal Freunde, Karen. Erinnerst du dich?»

Wir schwiegen.

Wir schwiegen, bis das Planschen der Jugendlichen verstummt, bis der Schlager und der Techno zweier weiterer Ausflugsschiffe verklungen waren, wir schwiegen, bis die

Farben der Laser mit den Farben der Caféflöße getauscht hatten, rot nun der Himmel, blau und grün am Boden die Bänke und Liegen aus Holz, es wurde spät, es wurde still, nicht aber kalt.

«Tust du mir einen Gefallen?»

Einen Moment glaubte ich, es sei wieder etwas ins Wasser gefallen, eine Schraube, ein Nagel, ein Stein, bis ich merkte, dass es ihre Worte waren, die mich aus der Ruhe gebracht hatten, Nähe und Stille und Nacht waren ihr nichts als ein Anlass, um neue Forderungen zu stellen, sie konnte nicht sitzen, nicht bleiben, sie plante längst weiter, die nächsten Züge im Kopf, die nächsten Spielfiguren schon in der Hand.

«Warum fährst du nicht selbst? Du kannst mich nicht einfach irgendwohin schicken, wie früher an den Strand, oder –»

«Am Ende liegt eine andre in meinem Bett! Du müsstest dich ja nur ein bisschen umschauen, daheim. Ein paar Fragen stellen?»

«Hör mal, ich war kein Kind mehr, damals, da hast du Recht. Ich hatte längst mein eigenes Geld verdient. Und trotzdem –»

«Schau, dass du auch Karen mal triffst. Es ist seltsam geworden, mit ihr.»

«Ich komm auch mit dreiundzwanzig noch gern mal nach Hause, ohne dass alle verschwunden oder betrunken sind.»

«Er trinkt?»

«Letztes Jahr hatte ich den Eindruck, er verwahrlost langsam, da unten. Aber wenn du mehr wissen willst, komm mit!»

«Du fährst doch ohnehin runter. Sag ihm nicht, dass wir uns getroffen haben. Vor allem das mit dem Sammler nicht, hörst du? Und meine Nummer – gib sie ihm nur, wenn er ausdrücklich danach fragt.»

«Wir müssen los, Iris. Mein Zug geht morgen um sechs!»

«Philip. Bitte!»

Karens Körperhaltung war weicher geworden, sie fingerte an ihren Strandmuschelohrringen, offensichtlich in der festen Überzeugung, dass unser Wiedersehensdramolett als Trennungsdrama geendet hatte; die Neuigkeiten als erstes mit Karen zu teilen, schon das wenige, was sie mir abgetrotzt hatte, erschien mir inzwischen wie Verrat.

Ich stieß mit einem Stoß all die Luft aus, die sich während ihres Verhörs in meinen Lungen gestaut hatte, Karen ging einen Schritt auf mich zu, drückte mich gegen ihre Brust, streichelte gar meinen Nacken, mit einigem Kraftaufwand gelang es mir, sie abzuschütteln, sie sprang die Empfangstreppen hinauf und verschwand im Foyer. Von der Wiese klang das Surren der Insekten herüber, etwas schwächer geworden, als fehle es ihnen in der Hitze oder im Falle der eintägigen auch endgültig an Kraft.

Nur wenige Minuten später kam Karen zurück aus dem Haus.

«Und?»

«Schläft!»

Die Türschwelle zwischen Salon und Foyer knarzte beim Auftreten, obwohl sie nicht aus einer durchgehenden Diele, sondern aus billig verleimtem Pressholz bestand, ich blieb auf Zehenspitzen stehen, atmete flach. Jakob stand vor dem kobragerahmten Wandspiegel und unterdrückte ein Gähnen, er hörte mich nicht. Etwas umständlich zupfte er Fluse für Fluse von seinem Businessjackett, strich die Ärmel glatt, begutachtete den Sitz von vorn und von der Seite, klopfte das Jackett plan an den Bauch.

Langsam setzte ich den ganzen Fuß auf die weiß lackierte Schwelle, beim Abrollen ging das Knarzen in einen Quietschton über und endete in einem harten Knacken, Jakob wandte seinen Kopf mit einem Ruck vom Spiegel. Bevor sich unsere Blicke trafen, schaltete sich das Licht im Flur aus, wir standen beide im Dunkeln.

«Du siehst eben zu gut aus.»

Ich tastete nach dem Lichtschalter, spürte aber nur rauen Sichtbeton, Jakob schien unverändert vor dem Spiegel zu stehen.

«Trainierst zu viel.»

Meine Augen gewöhnten sich schwer an die Dunkelheit, das Foyer hatte keine Fenster, und vor dem Lichtschacht in der Galerie hatte Jakob die Silberlamellen vorgezogen, der helle Sommertag dahinter ließ sich nicht einmal erahnen.

«Wo du die Frauen doch unbedingt loswerden möchtest. Dir sogar die Locken mit Wasser glättest, um Alma nicht zu gefallen. Vielleicht sind die ganzen teuren Anzüge dabei auch nicht so hilfreich?»

«Alle noch von damals!»

Es faszinierte mich, wie sich hinter einem derart gemütlichen Wort eine derart ereignisreiche Zeit verbarg, die

Jakob auf Podien und Kongressen verbracht hatte, in wechselnden Firmen und im Auto und eher selten daheim. *Damals* war die Zeit, in der wir stundenlang mit dem Citroën nach Wolfsburg fuhren, nach Bochum oder nach Stuttgart, die Zeit, in der wir Jakob begleiteten, Mutter und Sohn, nachdem ich die *Strandstunden* in Europas Osten etwas überbewertet und mit Amuletten am Hals bulgarischer Tankstellenbesitzer ausgeschmückt hatte, mit schankfreudigen Tavernenwirten und so heißem wie langem Warten in bukolischer Mittagsglut.

«Wenn ihr mich wieder allein am Strand lasst, erzähl ich Jakob davon.»

«Aber niemand hat dich allein gelassen, mein Schatz. Willst du noch Eis?»

Während der Hinfahrt, auf der B33, auf der A5, am Gambacher Kreuz, saß sie stets neben mir auf der Rückbank und genoss schon bald auch diese Fahrten, während derer sie sich nicht mit ausladenden Osteuropäern, sondern mit schmalen Messingblechstreifen beschäftigte; alle fünf Werkstücke schob sie ihre Hand durch den Spalt zwischen Kopfstütze und Lehne des Fahrersitzes hindurch und kraulte Jakob die Ohrläppchen, und drei bis vier Stunden nach unserer Ankunft kehrte er ermattet von seinem Podium, aus seinem Vortragssaal zurück, den Arm voll geklauter Vorgartenblumen für sie und voll backwarmer Laugenbrezeln für mich. Am örtlichen Parkteich wetteten wir noch einige Minuten zu dritt, welche Ente welches meiner Brezelstückchen erbeuten würde. «Meine kleine Familie», sagte sie dann, und wir hielten uns an den Händen dabei, bevor Jakob mich noch auf der Rückfahrt, die wir selten nach drei

Uhr nachmittags antraten und auf der stets Iris am Steuer saß, an einem seiner *Feierabendbierchen* nippen ließ, zu Hause bat er mich dann zu Protokoll.

«Es hat ihr doch niemand nachgeschaut?»

«Es schauen ihr immer alle nach.»

«Kein Wunder, sie ist ja auch meine Frau!»

«Hier ist mein Plan: Zunächst rasierst du dir eine Tonsurglatze, dann trinkst du dir einen Bierbauch an und schließlich meidest du die Sonne. Wenn du dann kahl, fett und blass bist, hast du ganz schnell deine Ruhe!»

Ich setzte den Fuß wieder auf die Schwelle, bewegte ihn vor und zurück, das Holz spielte mit, quietschte hoch, quietschte tief, verstummte erst, als ich das Gewicht auf die Fersen verlagerte.

«Ist da noch jemand?»

«Für wen ziehst du dich denn immer so großartig an?» Ich wies auf den passgenau anliegenden Anzug, dessen Kaschmirwolle selbst im Dunkeln noch schimmerte. «Es erwartet doch niemand, dass du allein bist. Sag es mir einfach, sprich endlich mit mir!»

«Du brauchst dringend wieder eine Freundin, dann ist dir das alles egal.»

Etwas drückte hinter meinen Augäpfeln und wollte nach außen, Jakob ging auf mich zu, klopfte mir auf den Rücken, es klang, als schlüge Holz auf Metall.

«Mach endlich mal Licht!»

Er streifte sein Jackett von den Schultern, der feine Stoff entlud sich in winzigen, blau knisternden Funken; in Anzughose und Haifischkragenhemd stand Jakob zwischen dem Spiegel und mir.

«Du meinst, es liegt an den Anzügen? Dann gib doch mal deinen Pullover!»

«Jakob. Hör auf mit dem Spiel!»

«Komm schon!»

Er zog dann wirklich meinen Troyer über, sein Kopf verfing sich, beulte den Ärmel aus, die Schulter, glitt dann mit Schwung durch den Ausschnitt; ich klaubte sein Anzugsjackett vom Boden auf und zog es an, so gut sich das im Dunkeln machen ließ, endlich schaltete Jakob das Licht an.

«Et voilà!»

Ich sah in den Spiegel. Mein Troyer spannte zu sehr an Jakobs Schultern und war deutlich zu kurz, verlieh ihm aber über der Anzughose einen lässigen Chic. Er wirkte, als hätte er seit Jahren nichts anderes getragen, als führe er damit seit Jahren über Land oder zur See.

Ich lenkte den Blick auf mein eigenes Abbild, statt meiner hatte sich ein unproportioniertes Wesen eingefunden, das jemand in ein Jackett gesteckt hatte, die Säume flatterten über meine Hände hinaus, ich ähnelte einem Gerippe, achtlos mit feinem Stoff behängt.

Im Spiegel trafen sich unsere Blicke.

«Wieder umziehen!»

Ehe wir dazu kamen, surrte ein Pfeifen durch die Luft, etwas Hartes knallte gegen Glas. Ich sah zur Galerie hinauf und dann zur Haustür, sie ruhte fest und sicher im Schloss. Ich folgte Jakob in den Salon. Der Frühstückstisch war noch immer nicht abgeräumt, die Sonne hatte die Reste auf Dottos Teller mit einer glänzenden Fettschicht lasiert, auf seinem Messer saß eine großäugige Fliege.

Er reichte mir sein Telefon und deutete auf das Display. Sechs neue Nachrichten.

«Sie verfolgen mich –»

«Warum schaltest du es nicht einfach aus?»

Wieder ertönte draußen das Pfeifen, Jakob stöhnte auf.

«Hörst du – es gibt sie. Ich spiel hier kein Spiel.»

Einen kurzen Moment wusste ich nicht, ob ich an ihm zweifeln sollte oder an mir, dann knallte wieder etwas Hartes auf Glas. Ich sah nochmals im Foyer nach, stemmte die Tür auf, mir war, als würde ich nicht nur die Villa verlassen, sondern eine andere Klimazone betreten, die Helligkeit schmerzte; sobald ich die Augen schloss, blinkten unter den Lidern Schleier und Sterne.

«Alma?»

Mit beiden Händen schirmte ich meinen Blick gegen die Sonne ab und suchte den Carport und den Platz vor der Villa ab, es roch nach treibenden Gräsern, der Kies war ärgerlich laut.

Ich ging wieder ins Haus, die Eisentür schnappte mit einem Schmatzen hinter mir ins Schloss. Meine Pupillen waren mit der erneuten Umstellung in der kurzen Zeit überfordert, mein Körper war einfach nicht fit.

«Jakob? Bist du das?»

Im nächsten Moment stieß ich mit einem Menschen zusammen, prallte gegen einen weichen Bauch, etwas kratzte in meinem Gesicht, dann packte ich den Fremden am Hals.

«Bist du wahnsinnig?»

Die Stimme war hoch und erstickt.

Ich ließ von ihm ab, erkannte den spiegelnden Punkt seiner Glatze, dann seine schmale Statur. Endlich waren Hell und Dunkel wieder zu unterscheiden, Dotto rieb mit beiden Händen seine Kehle, ich hatte nicht zugedrückt.

«Wie bist du –»

Er schluckte und wies auf die Eisentür.

«War nicht abgeschlossen.»

Ich gab ihm die Hand. Er schlug nicht ein.

Mein Puls hatte sich in wenigen Sekunden verdoppelt, nun brauchte er Minuten, um sich wieder zu beruhigen, ich musste dringend ein Kreislauftraining beginnen, Rennen, Radfahren, Rudern, ein Kribbeln zog meinen Rücken herauf und streute rechts und links in die Arme, ich schüttelte mich, das Kribbeln blieb.

«Sonst hab ich aber auch einen Schlüssel. Falls ihm was passiert.»

«Was soll denn passieren, Dotto?»

«Schau ihn doch an!»

«Ist er –»

Dotto hatte mich kurz in den Arm genommen, wie ich erst jetzt bemerkte, ich müsste einen Schritt zurücktreten und markige Sprüche über unsere Kollision bemühen, über Jakob, über Söhne und Väter, über das Haus und den See.

«Ist er denn glücklich mit Alma?»

«Das klingt ja, als wären sie ein Paar!»

«Sind sie das nicht?»

Er lachte nur, ging in den Salon. Dort hatte Jakob einen Stuhl ans Fenster gezogen, massierte im Sitzen seine Schläfen, rieb seine Augen, kratzte in seinen Ohren, als müsse er seine Sinne erst noch zu gebrauchen lernen, nachdem er den Kokon verlassen hatte.

Er wirkte klein auf dem Stuhl. Die Schenkel zu kurz, der Oberkörper in sich zusammengesunken.

«Ich musste mich eben setzen, die Beine –»

«Was ist mit deinen Beinen, Jakob?»

Ich wischte meine Hände an der Hose trocken, steckte sie in die Jeanstaschen, auch Dotto hatte die Hände in den Taschen vergraben, spielte mit Murmeln oder mit Steinen, etwas schlug klackend gegeneinander.

«Ist euch nicht kalt?»

Dotto und ich sahen uns an, sahen uns um, fanden keine Decke, kein Kissen, kein Tuch, nur das oxidierte Miniaturmessingkrokodil, die Silberlamellen über den Bullaugen, Zinnbahnen und Tiffanyglas; vielleicht hatte sich Iris wirklich in eine allzu anorganische Phase verrannt.

In schnellen Bildfolgen sah ich Jakob mit Hexenschuss auf den Fliesen liegen, kurz vor der Haustür, die Hand schon zum Knauf emporgestreckt. Er fasste sich auf der Treppe zur Galerie ins Kreuz und fiel die letzte Stufe hinunter. Er schaffte es nicht aus der Wanne, rutschte den glatten Rand herab; er lag fiebernd im Bett. Dazwischen half ich Bastian im Bad, hielt seine Hand und kaufte für ihn ein, über siebenhundert Kilometer entfernt.

Es wurde still.

«Nun schaut nicht so dramatisch. Es geht schon wieder!»

Er reichte mir seine Hand, ließ sich aufhelfen.

Dotto boxte ihm gegen die Brust, etwas zu früh, wie ich fand, schaute von ihm zu mir und wieder zurück, begutachtete hier zu eng sitzende Schurwolle und dort flatternde Anzugseide, inspizierte jedes Detail wie auf einem Suchbild; Jakob hielt sich an meiner Schulter fest.

«Schicker Pullover. Warst du in einem dieser Outdoorläden?»

«Hast du da rumgeschossen?»

Dotto setzte sich an seinen alten Platz und tunkte eine nicht mehr ganz frische Ciabatta in die Fettschicht auf seinem Teller, die ohnehin kräftige Kruste des Brötchen war bereits ausgetrocknet und nahm kaum mehr Öl auf, Dotto wirkte verloren an dem großen Tisch.

«Wo ist denn der Ziegenfrischkäse?»

«Hast du oder nicht?»

«Mein Gott, ich hab euch draußen die Tauben vom Dach geschossen. Hier!» Er holte einige Kiesel aus seinen Hosentaschen und legte sie auf den Tisch.

«Die kacken doch alles voll!»

Seine schwerfällige Zunge und die langgezogenen Vokale schafften es, noch ganz andere Wörter charmant klingen zu lassen, auch dieses meisterte er ohne jeden Nachklang.

«Guten Appetit!»

Er streckte beide Arme aus, als würde er links und rechts seinen Tischnachbarn die Hand zum gemeinsamen Gebet reichen. «Ob's auch was Warmes gibt?»

Jakob ging schweigend zum Kühlschrank, kam mit seiner Plastikschürze vor dem Bauch und einer Zehnerpackung Nürnberger in der Hand zurück, er stach das Küchenmesser in die Folie, schnitt daumendicke Würstchenstücke in einen Emailletopf, gab eine halbe Flasche Biosahne hinzu und leerte den feuchten Inhalt einer Dose, von der sich das Etikett gelöst hatte, in den Topf, ich tippte auf weiße Bohnen in Tomatensauce, dann salzte er nach.

«Fehlt was?»

Die ersten Hitzebläschen zerplatzten im Topf, es roch süß und nach Wurst. Dotto näherte sich skeptisch dem Herd. Er ließ Jakob nur ungern allein kochen. Schon vor dem *Durchstart* hatte er die Küche möglichst für sich reklamiert. Ergeben drückte er zwei Ciabattahälften in den Toaster und schöpfte das dampfende Gericht in drei Keramiknäpfe, deren angeschlagene Henkel sich einem beim Anheben in die Finger bohrten.

Das Klappern der Löffel machte mich müde, hin und wieder geriet ein Wurststückchen zwischen Metall und Keramik und dämpfte den Schlag, dann aber trafen Jakob oder Dotto nicht zwischen ihren Zahnreihen hindurch und stießen mit dem Löffel umso lauter gegen ihre Schneidezähne, versetzten mich in die Geräuschkulisse des Speisesaals in meinem Heim.

Ich war in den Ritualen wunderlicher Hirne erfahrungssatt, doch die Zustände in der Villa ließen keines der bekannten Muster erkennen; ich dachte an den mittelalten, Vollbart tragenden Mann, den ich bei meinem Arbeitsbeginn für einen Pfleger gehalten hatte und der dann doch auf der anderen Seite stand, und ich dachte daran, wie wichtig diese Einteilung wurde, das Erkennen des Musters, um Anteil zu nehmen oder gar Mitleid zu empfinden, erst dann empfand ich Mitleid, wenn ich die Andersartigkeit einzuordnen verstand.

Auch Bastian hielten viele der Besucher, die nur einmalig auf die Station kamen, die Blumenlieferanten und Elektroinstallateure, für den Hausmeister, dem sie ihre Fragen nach Beleuchtungsschaltplänen und dem Verlauf der Lüftungsschächte antrugen, bis sie genervt und manchmal auch ausfallend auf Bastians Grinsen, auf Bastians Schweigsamkeit reagierten, weil sie das Muster dahinter nicht erkannten; es war ihnen undenkbar, dass ein großer und schlanker und eher gut aussehender Mann mittleren Alters krank sein konnte, anders, im Kopf.

Ich dachte daran, wie sich der Postexpressbote ironisch für Bastians Hilfsbereitschaft bedankte, wie sich der Krankengymnast, der es besser hätte wissen können, kopfschüttelnd und unverschämt von ihm trennte, wie ein Joghurt- und Milchlieferant, der die Küche suchte, laut und sein Gesicht zur Fratze wurde, zwischen Abscheu und Hass, bis der Mann das Muster in letzter Sekunde doch noch erkannte und Bastian mit abgewandtem Blick und vor Reue glühenden Wangen die Hand zur Entschuldigung reichte, Bastian hatte sie stolz verschmäht.

Am See suchte ich nun schon den dritten Tag nach dem Muster und spürte die Wut des Milchlieferanten auch in mir. Nichts verband Jakobs Sprunghaftigkeit mit seiner Schlafsucht, das Schloss und den Blumendraht am Eisentor mit seinem Gefallen an Wein und Gesellschaft, das Geturtel mit Alma mit seiner inneren Abwesenheit, seinen Körperkult mit dem erklärten Wunsch, allein zu sein.

Nachdem der Würstchenschmaus überstanden war, führte Dotto eines seiner kleinen Muskelkunststücke auf, sein Mund spitzte sich, bis die Oberlippe fast seine Nase berührte, und zog sich dann in die Breite, seine Wangen fielen nach innen und plusterten sich dann wieder auf, ich verlor die Geduld.

«Jakob, seid ihr ein Paar?»

Mein Vater und Dotto erstarrten, einen Moment war nur zu hören, wie sie Saitlingreste und Majoranwürze der Nürnberger Würstchen mit der Zunge aus den Lücken ihrer Schneidezähne schnalzten, ich fürchtete, Jakob würde einen billigen Witz bemühen, indem er meine Frage auf Dotto und sich bezöge, nach dem Würstchenschmaus wirkte mein Pullover an ihm nun deutlich zu eng.

«Was sollte das heißen: bis heut Abend? Wo triffst du sie?»

«Ich bin doch nicht dein Sohn! Muss ich dir meinen Tagesablauf schon beim Mittagessen verraten?» Er umklammerte mich links und rechts an den Schultern und versuchte, mich einige Zentimeter emporzustemmen, seine Beine zitterten, er ließ von mir ab.

Meine Schnüffeleien berührten ihn zunehmend peinlich, falls ich wirklich nicht in der Lage sei, eine Freundin zu finden, habe er selbst genügend davon, er schicke mir gern eine vorbei.

Warum ich immer wissen wolle, wann er komme und wann er gehe? «Führst du Notizen darüber? Hat man dir das im Osten so beigebracht? Du musst mir auch mal Freiheiten lassen. Hab Vertrauen in mich!» Solange ich meine Füße unter seinen Tisch strecke, möge ich bitte etwas mehr trinken und auch mal Mädchen ins Haus schleppen und mit denen unangekündigt verschwinden. «Du bist doch kein Wackeldackel. Brüll mal ein bisschen, ist das so schwer?»

Ich schloss die Augen.

Einatmen. Ausatmen. Zutreten.

In Huberts Zimmer hatte es nicht nach Lavendel gerochen. Braune Fußabdrücke führten von der Behindertentoilette an der Dusche vorbei, über den schmalen Gang des Patientenzimmers bis in sein Bett. Hubert hatte seine Daunendecke auf den Boden gestrampelt und sich die Windel vom Leib gerissen, die Verschlusslaschen klebten an seiner Pyjamahose, die ihm in den Knien hing, er betrachtete das gardinenverhangene Fenster, vielleicht aber auch nicht.

Marie blieb im Türrahmen stehen, hielt sich den Arm vor Nase und Mund, ich querte den Raum und öffnete beide Fensterflügel.

«Guten Abend, Herr Schwieling!»

Er nahm den Blick von den mit einer Abendbrise ins Zimmer wehenden Gardinen, drehte wie in Zeitlupe den Kopf zu mir, unterbrach die Drehbewegung nicht, als er in meine Richtung sah, blickte durch mich hindurch, starrte auf die gegenüberliegende Wand.

«Kalt hier», murmelte er.

Ich schloss die Fenster.

«Du kannst draußen warten, wenn du magst.»

«Ich bleib bei dir.»

«Dann mach aber die Tür zu. Er ist fast nackt.»

Ich zog Gummihandschuhe über und streifte ihm seine Pyjamahose über die Füße, zupfte die Windel ab und warf sie in den Müll, dann half ich dem Mann auf die Beine. Er hatte überraschend volles, weißes Haar, über mageren Beinen einen mageren Bauch, und offensichtlich etwas zuviel Diazepam im Blut. Er klopfte mir auf die Schultern, lachte ein bisschen, weinte ein bisschen, Pantoffelschritt für Pantoffelschritt erreichten wir sein Bad.

Schaumig glitt der Schwamm über seinen Bauch, über seine Hüfte, über seinen Hintern, das Wasser war warm, der Heizradiator eingeschaltet, Hubert muckte nicht auf. Im Becken färbte sich das seifige Wasser bräunlich, ich ließ neues ein, wusch sein Geschlecht. Das Glied reagierte auf die Berührung des Waschlappens, im Spiegel sah ich, dass Marie uns vom Zimmerflur aus beobachtete, ich wusste nicht, was sie aus dem Winkel, aus dem sie auf den Spiegel blickte, erkannte.

«Ich kann dir nicht helfen.»

«Nein, kannst du nicht.»

Ich zog Hubert eine neue Windel an, er lächelte, einen

neuen Pyjama, wusch seine Füße, was ihn kitzelte, brachte ihn wieder ins Bett.

«Danke, Meister!»

Er fuhr sich mit der Hand an die Stirn.

Er war nicht beim Militär, aber Eisenbahner gewesen. Ich wusste nicht, ob das etwas erklärte.

«Und der Boden?», fragte Marie.

«Macht gleich ein Zivi.»

«Ich glaub, ich muss los.»

«Nun warte doch noch.»

Ich hielt sie am Arm fest.

Meine Gummihandschuhe hinterließen einen dunklen, übel riechenden Fleck auf ihrem Nylonmantel.

«C'est dégueulasse!»

Sie öffnete die Tür und wollte aus dem Zimmer fliehen, prallte aber gegen Bastian, der im Flur auf uns gewartet hatte, sie schlüpfte unter seinem Arm hindurch, verharrte kurz – mein Blick blieb an einer ihrer psychedelisch eingefärbten Knopfrosetten hängen, an einem der schwarzen Filzaufnäher, an ihrem Armband voll winziger Muscheln aus Blech –, bevor sie sich mit einem Nicken von Bastian verabschiedete. Ich schloss die Augen, wollte durchatmen, die Luft war zu schlecht. Plötzlich hielt ich einen schwarzen Schnürsenkel in der Hand.

«Na los, hinterher!».

«Danke, Bastian.»

Sie habe es satt, mich mit einem Dutzend Heiminsassen und einer nicht zu bestimmenden Anzahl Debiler zu teilen, die nachts auf öffentlichen Toiletten zusammenbrächen oder in der U-Bahn Selbstgespräche mit der Notrufanlage führten, an den Wochenenden mutiere Berlin zu einem einzigen großen offenen Vollzug.

«Du gehst, weil ich einen Achterbahnfahrer nach Hause gebracht habe?»

«Jesus, bitte. Ich gehe, weil mein Stipendium zu Ende ist.»

«Danke für deine Empfehlungen. Danke auch für die Nachfrage. Ich komm schon klar.»

«Welche Nachfrage?»

Jakob sah mich an, als bräuchte ich umgehend Hilfe, von professioneller Hand.

«Er meint, du könnest dich mal nach ihm –»

«Schon gut, Dotto. Es hat keinen Sinn.»

«Sprecht deutsch mit mir», sagte Jakob, «sonst versteh ich euch nicht.»

Um auf meine kleine Inquisition zurückzukommen, begann er eine weitere seiner Wortkaskaden, die in meinen Ohren mehr und mehr die Frequenz eines Weißen Rauschens annahmen, stimmlos, betäubend, konstant: Leider wisse er nicht mehr, was für einen Unfug er am Morgen erzählt habe, die Spätfolgen einer mehr als nur marginalen Alkoholintoxikation hätten ihn eingetrübt:

«Die Synapsen schwuppen da nicht mehr so!»

Wenn er jemanden ausgeladen habe, tue ihm das aber leid. Er reichte Dotto und mir zur Versöhnung die Hand, und Dotto schlug auch noch ein, versicherte schnell, dass er sich ganz im Gegenteil nirgends so willkommen fühle wie in der Villa am See, Jakobs Gastfreundschaft sei in ihren Grundzügen beinahe schon mediterran.

«Da muss ich dich heute einmal enttäuschen!»

Jakob nahm ihm Suppenlöffel und Keramiknapf ab, legte ihm die Hand in den Nacken, freundschaftlich oder eher auffordernd, Dotto wirkte keinesfalls überrascht, lief anstandslos zur Terrassentür – ein Dackel auch er – durch die er die Kleinen Existenzen im Sonnenlicht betrachtete, er dankte für das frugale Menü, ließ offen, ob er es damit als üppig adeln oder als karg herabwürdigen wollte, Jakob lud ihn für kommenden Montag zu Spanischen Nieren, Dotto tat amüsiert.

Im Park hatte sich der Nachmittag weiter aufgeheizt, still und grell, drinnen schien eine andere Tageszeit zu herrschen, die Farben im Raum grau wie in einem Bunker, ich fröstelte auf den Fliesen, draußen entfernten sich Dottos hastige Schritte auf dem Klinker und dann auf dem Kies.

«Es ist doch alles ganz einfach.»

Jakob flüsterte in eine Richtung, in der ich den janusköpfigen Stahldrachen und seine vasallenhaften Rundrohrtrolle vermutete, jahrzehntelang habe er damit vergeudet, vor Ausbeutung und Raubbau zu warnen, um dann mit anzusehen, wie eine winzige Krise alles nachhaltige Produzieren zunichte mache, er habe genug von Vernunft und Verantwortung, er fühle sich kampfesmüde, sein Lebenswerk sei grob gescheitert, die Amerikaner unterzeichneten nicht einmal das Nachfolgeprotokoll, in China würden Tausende neuer Autos zugelassen, pro Tag.

«Jakob, die Amerikaner und Chinesen sind mir grad so was von egal!»

Er sah mich skeptisch an, verstand oder verstand nicht, rückte näher und dann wieder fort. «Hör mal, du fällst hier einmal im Jahr für ein verlängertes Wochenende ein, und willst –»

«Für dich! Für dich komm ich einmal im Jahr vorbei. Und ich will überhaupt nichts. Es geht mir gut in Berlin.»

«Ich bin doch nicht blind.»

«Zieh dich wieder richtig an.»

«Wo warst du? Zieh dich an! Bring den Müll raus! Du musst mal entspannen, mein Sohn.»

Er drehte sich zu mir, in seinen Pupillen spiegelte sich ein mageres Püppchen, erst spät begriff ich, um wen es sich bei dem Pupillenpüppchen handelte, seine Pupillen selbst wirkten unnatürlich erweitert, endlich wandte er den Blick ab, es kam mir vor wie ein Sieg.

«Manchmal», begann er übergangslos, «bei Sturm, dann zieht sie sich den Steg hoch und schaut, was ich treibe. Dann steigt sie die Wiese hinauf, dann huscht sie in die Villa, dann schüttelt sie ihr Haar trocken. Dann ist sie hier!»

Etwas begann in meinem Magen zu kribbeln, wie damals auf dem Felsbalkon, auf den wir früher geklettert waren, auf tausendvierhundert Höhenmetern, zu unseren Füßen die Leere des Tals; ich streifte sein Jackett ab und reichte es hinüber, als wäre unsere kleine Familienordnung so wiederhergestellt.

Er ging ins Bad.

Die Terrassentür ließ ich weiterhin geöffnet, kippte zusätzlich alle Fenster, hörte die Spatzen, roch den See und die Gräser. Berlin fehlte mir, die Caféflöße, im Osten, am Kanalufer, mit Sonnensegeln und verzerrten Gitarrenriffs.

Aus dem Bad kam nicht der müde Mann, der sich vor einer halben Stunde auf einem Stuhl ausruhen musste, kam ein hauteng in Neopren geschweißter Vorbildathlet zurück, links und rechts wölbte sich leicht der Bizeps unter dem schwarzen Gummi, deutlicher ragten die Waden hervor, ein Bierbauch zeigte sich nicht. Jakob überragte mich um einige Zentimeter, er war barfuß, ich trug Schuhe, stolz schlug er sich auf die Brust.

«Der See ist noch viel zu kalt. Du bist grad beinah zusammengebrochen –»

«Ich bin nicht zusammengebrochen, ich hab Kraft geschöpft. Und wärmer wär nun wirklich zu heiß.»

Er lief zwischen Bad und Foyer hin und her, als hätte man ihn soeben aus einem Kellerloch befreit, er warf Skulls und Trockentasche auf den Boden und zog das Pulsmessgerät am Kabel aus der Kommode, wobei alte Batterien und neue Glühbirnen auf die Kacheln schlugen, dann streifte er den Neoprenanzug bis über die Hüften herab, setzte dafür eine alberne Schwimmkappe auf, ich schüttelte ihn an der Schulter.

«Ich fisch dich nicht aus dem Wasser!»

Er wischte sich über die Stelle, an der ich ihn berührt hatte, sammelte Metall und Plastik vom Boden auf, Kleidungstücke und Sportgeräte, Ruderhandschuhe und Skulls, er machte einen Buckel, um sich alles vor den Bauch zu klemmen, dann verließ er das Haus. Mit dem Ellbogen versuchte er, die Tür hinter sich ins Schloss zu ziehen, ich reichte ihm die Neoprensocken hinterher und fühlte mich alt.

«Ach ja, vielen Dank.»

Im Bad hob ich sein Jackett vom Boden, er schien es einfach von sich geworfen zu haben, ich drückte meine Nase in den feinen Stoff, er roch nach zu stark dosiertem Waschpulver, nach Jakob und auch nach mir.

Unschlüssig stand ich vor dem Badezimmerschrank,

Jakob hielt sich *ihre Pinsel und ihren Puder* darin wie eine Kleintierfamilie. Die Spiegeltüren reflektierten mein fettglänzendes Gesicht, ich verfluchte meine Talgdrüsen, sah weg. In drei Tagen hatte Jakob drei seiner Freunde aus dem Haus komplimentiert. Als nächstes stand ich auf der Liste.

Ich sah mich nach einem Schlüssel um, den ich ihm hätte hinterhertragen können, für die Haustür oder für das Sicherheitsschloss unten am Steg, ich suchte nach den Ruderdollen aus Kohlefasern, nach der Schweizer Wasserflasche aus dünnem, unlackiertem Aluminium, er hatte an alles gedacht.

Wenige Minuten nachdem er verschwunden war, hatte ich das Gefühl, bereits seit meiner Ankunft am See auf ihn zu warten. Ich stellte mir vor, wie er den Einer umdrehte und von der Sicherheitsleine schloss, die olivgrüne PVC-Plane entfernte und das Boot ins Wasser gleiten ließ. Er steckte die Dollen in die Ausleger und legte die Skulls hinein, stieg schwungvoll auf das Trittbrett und nahm auf dem Rollsitz Platz. Er verstaute Pulsmessgerät und Wasserflasche in Tonne und Trockentasche, dann ruderte er rückwärts auf den See hinaus, hinter ihm blieben Strudel zurück. Er ruderte kraftvoll, die Füße hart am Stemmbrett, er ruderte schnell.

Im Foyer machte ich Licht.

Die Zeitschaltuhr fing an zu summen, vor mir ragte die Betontreppe auf. Die Reste von doppelseitigem Klebeband auf den unverputzten Treppenstufen waren schwarz vor Staub, die halbrunden Wildlederläufer schon bei meinem vorletzten Besuch in den Keller verbannt worden. Ich stieg zur Galerie hinauf, die ich seit Jahren nicht mehr betreten hatte, hob die Füße mehr als nötig, um jeden Lärm zu vermeiden. Ein breiter Riss in der Wand dünnte sich mit zunehmender Höhe immer mehr aus, endete gerade noch strichdünn, verlief aber senkrecht, war also statisch bedenklich. Auf der Galerie selbst zogen sich keine Risse mehr durch die Mauern.

Seine Schlafzimmertür war nur angelehnt, öffnete sie sich nicht fast von allein? Die horizontalen Luftschlitze in den Rollläden zeichneten helle Streifen ins Dunkel, auf den Retroflokati, auf das Fußende des Betts. Die Fingerfarbe war restlos vom Gestell geschrubbt worden. In der Mitte der Matratze lag ein Haufen Laken und Leinen ineinander verschlungen, aus dem Knäuel sahen die flach abgewinkelten Beine einer Schlafanzughose hervor. Ich zog zwei Daunenkissen und zwei Steppdecken auseinander, Tücher fielen aus den Laken, eine Cremedose rollte mir vor die Füße, mit einem silbernen Lindwurm bedruckt.

Auf dem Nachttischchen lag *Das Universum – Ursprung und Genese*, Jakob war bereits auf Seite einhundertundzwölf. Es roch süßlich im Raum und ein wenig nach seinem kreislaufanregenden Mentholparfüm. Ich zog die Rollläden nach oben, hinter denen sich Wärme gestaut hatte, auch wenn die Sonne längst weitergewandert war, und betrat den kleinen Betonbalkon, der bis auf Brusthöhe von einem martialischen Eisengitter eingefasst war, als hätte der Architekt Angst vor Kurven und Schnörkeln gehabt. Stechmücken und Eintagsfliegen schnellten bis zum Balkon in die Höhe und ließen sich ermattet wieder fallen.

Unmöglich, Jakobs Ruderboot auf dem Wasser auszumachen, selbst die Spinnakersegel der Yachten waren nichts als windige Punkte. Ich drehte mich um, spiegelte mich in dem handgezimmerten Kleiderschrank aus Sperrholz, an dessen Türen Iris Hunderte kleinerer und größerer Spiegelscherben mit Heißkleber befestigt hatte wie auf einer Discokugel. Ich öffnete den Schrank und strich über Jacketts und Mäntel und Dreiteiler, allesamt aus feinem Businessstoff, der noch immer nicht ausbleichen wollte.

Auf der Hutablage stapelten sich die alten Vinylplatten, von denen ich geglaubt hatte, er habe sie längst verschenkt oder weggeworfen. Ohne sie hervorziehen zu müssen, hatte ich die gelbstichigen und abgegriffenen Cover wieder vor Augen, die Frauen mit den weit aufgerissenen Mündern, die psychedelischen Schriftzüge und wuchernden Blumen, die bärtigen Männer mit entblößter Brust. Die Cover waren mir als Kind wie Bestandteile eines großen Zaubers erschienen, eines Zaubers, der vor meiner Zeit begonnen hatte und sich nur demjenigen, der im richtigen Jahrzehnt geboren wurde, jemals erschloss.

Aus der Reihe der Anzüge ragte ein schwarzer Ärmel hervor, das Markenemblem noch mit luftigen Fäden an den Saum genäht. Ich zog das dazugehörige Jackett heraus, fasste in die Brusttasche, nach einem Zentimeter stießen meine Fingerkuppen auf eine Naht, auch die Innentasche war fabrikneu zugenäht. *Alle noch von damals* waren die Anzüge nicht. Ein einziges braunes Cordsakko klemmte zwischen der teuren Seide, auf Kragen und Schulterklappen hatte sich Staub festgesetzt. In den ausgebeulten Seitentaschen fand ich D-Mark-Münzen, in der Innentasche ein kleines Pappkärtchen, auf dem ein Prägedruck zu ertasten war. Ich fischte es heraus, betrachtete das orangestichige Foto einer jungen Frau. Ein Bundesadler war darin eingestanzt, das

Bild schien einem Ausweis entnommen, der Karton wirkte kaum abgegriffen, aber das Foto musste bald dreißig Jahre alt sein.

Ich musterte die aufwärtsgebogene Nase, die weit entfernt davon war, krumm zu sein, und das indianerlange, schwarze Haar, dann bückte ich mich und öffnete die Cremedose. Sie war leer. Genauer gesagt befand sich keine Creme, sondern ein kleingefalteter Beipackzettel darin. Auf dem Papier massierte eine schematisch gezeichnete Hand einem weiblichen, biobuchglatten Körper etwas ein, ich faltete den Beipackzettel wieder zusammen, verstaute ihn in der Cremedose.

Hastig steckte ich sie ein, zog sie wieder aus der Tasche, legte sie auf den Nachttisch. Schließlich warf ich die Dose in die Luft, um einen glaubhaft zufälligen Landeplatz im Schlafzimmer zu finden, sie blieb wie aufdrapiert zwischen den Kopfkissen liegen, ich versteckte sie in einer Ritze am Kopfende des Betts.

Es hätte mich kaum gewundert, wenn in den nächsten zähen Sekunden der Balkon herabgebröckelt oder ein erster Riss in die Schlafzimmerwand gefahren wäre, stattdessen begannen die orangefarbenen Warnleuchten am Seeufer kreisend zu blinken, am Hafen, an der Therme und am anderen Ufer. Ich ging wieder auf den Balkon, zählte fünfzig Blitze in der Minute, ab neunzig gab's Sturm.

Ein Tier machte sich unten am Eisentor zu schaffen, seit Jahren ungeschnittene Brombeerranken kamen in Bewegung, nahmen mir die Sicht auf den Eindringling, eine Katze, einen Hund oder ein Wildschwein, dann blitzte roter Mantelstoff durch das Gestrüpp, schob Karen ihr Rad, den schwarzen, geschwungenen Beachcruiser, am Tor vorbei durch die Ranken und winkte, von der Sonne geblendet, zu mir empor.

Es fühlte sich falsch an, hier oben zu stehen, während Karen unten mit den Ranken kämpfte, Jakob ließ die Villa verfallen, aber an ihren Ausmaßen änderte das nichts.

«Hallo Jakob!»

Karens Haare waren dünn geworden, der Wind legte über dem oberen Stirnbein ein kleines Stück Kopfhaut frei.

«Wieder wach?»

Sie lächelte und warf Kusshände zum Balkon herauf, harmlos eigentlich, Kusshände zur Begrüßung, warum auch nicht. Ich wusste, dass ich das Bild ihrer Erscheinung noch in Berlin würde abrufen können, den roten Mantel, das Lächeln, die hellen Haare im Wind. Sie erreichte den Schatten, den der Balkon auf den Terrassenklinker warf, sah abermals auf.

«Ach, du bist das!»

Sie klang, als hätte sie seit Monaten keine größere Enttäuschung erlebt. Ich wusste nicht, warum ich ihr diesen Moment nicht erspart hatte, warum ich nicht längst die Treppe hinuntergestiegen war oder meinen Namen gerufen hatte.

«Besser, ich komm runter!»

«Ach, nicht nötig –»

«Er kommt doch bald zurück!»

Ich brachte das Bett wieder durcheinander und verwischte alle weiteren Spuren der Ordnung, durchquerte das Zimmer, tastete mich die dunkle Betontreppe hinab und öffnete Karen die Tür.

«Tut mir leid wegen vorhin», sagte sie, «beginnen wir noch mal von vorn?»

Sie küsste wieder die Luft über meinen Wangen, ich gruppierte die Korbsessel und ein modriges Beistelltischchen aus Bambusrohr in der Sonne, faltete eine Papierserviette auf und beschwerte sie mit einem der Zinnaschenbecher, aus dem ich die Überreste von Jakobs Zigarillos geleert hatte.

«Willst du Kaffee?»

«Bitte Sekt! Aber kannst du dir das vorher mal ansehen?»

Sie schob den rechten Ärmel ihres Mantels und den darunterliegenden grauen Cardigan bis zum Ellbogen hoch und zeigte mir ihren Unterarm. Mehrere rote Quaddeln hatten sich von der Beuge aus über den Ellbogen bis zur Mitte der Elle ausgebreitet, münzgroß, mit stichartigen Erhebungen in der Mitte.

«Seit wann hast du das?»

«Paar Wochen vielleicht.»

Sie schob den Ärmel wieder herunter.

«Weißt du, was es auslöst? Medikamente? Kälte, Wärme, Druck, Licht?»

«Ich seh einfach keinen Zusammenhang. Vorhin hatte ich es noch nicht.»

«Aber vorgestern.»

«Fall ich schon so damit auf?»

«Ist es stressassoziiert?»

«Was?»

«Hast du es, wenn du gestresst bist?»

«Ich bin nicht gestresst!»

«Nesselsucht», erklärte ich. «Nervig, aber völlig harmlos. Kann auch an der Wolle liegen. Hast du den Cardigan schon lang?»

«Kann es schlimmer werden?»

«Eigentlich nicht. Schmier auf keinen Fall Cortison drauf. Das macht es langfristig nur schlimmer. Aber du weißt ja, ich hab nicht mal studiert.»

Sie lächelte.

Ein Grollen zog von der anderen Seeseite herüber, rollte über das Wasser und verebbte, ohne einen richtigen Höhepunkt zu erreichen, augenblicklich sah ich Jakob kentern, in aufpeitschender Gischt, er rang nach Luft und verschwand unter Wellenkämmen und sank leblos auf den Seegrund, ich spähte nach den Sturmlichtern, von der Terrasse aus waren sie nicht zu sehen.

«Er ist da draußen auf dem Wasser!»

Karen drehte sich eine krumme Zigarette, die sie fast bis zur Hälfte in ihren Halter mit dem Mundstück aus Messing einführte, sie schlug die Beine übereinander, der Wind stellte ihr eine Haarsträhne senkrecht auf wie einen Miniaturblitzableiter.

«Na und?»

«Hast du nicht die Sturmlichter gesehen?»

Sie spuckte Tabakkrümel in die Luft, die mir auf die Jeans segelten, verzog ihren lippenstiftvioletten Mund zu etwas, das durchaus einem Lächeln glich, die Sonne schien hart auf ihre weiße, kaum gepuderte Haut.

Sie klärte mich auf, dass *Seefilm* gerade den neuen Fernsehkrimi drehte, wie ihr Freund ihr erzählt habe, die Kommissarin suchte diesmal einen Fischer, der kleine Schulmädchen über die Fußgängerbrücke trieb, damit er darunter hindurchrudern konnte, während der Wind den Mädchen die Röcke aufstellte.

«Und dafür schalten sie die Sturmlichter ein?»

Es gefiel mir noch immer nicht, dass Jakob da draußen war, zwischen Sturmlicht und Donnergrollen, allerdings hatte Karen recht, die Produktionsfirma ließ je nach Drehbuch das Rathaus auf Halbmast beflaggen, bevölkerte die Innenstadt mit Demonstrantendarstellern oder sperrte den Stadtring, sie stellte den halben Gemeinderat und erteilte sich die Drehgenehmigungen selbst.

«Du weißt, dass dein Freund hier war?»

Karen stöhnte auf.

«Er denkt nicht wirklich, du würdest hier aushelfen? Im Haus, im Garten?»

Sie wies auf das grüne Chaos um uns herum, in das sich immer mehr Blau einschlich, von Rittersporn und Eisenhut, sie schabte ein wenig Moosflechten von ihrem Korbsessel und zog einen wilden Bambusstamm zu sich herunter, der quer über die Terrasse trieb.

«In welchem Garten?»

«Ich hol mal den Sekt.»

Karen hielt mich zurück, sie war nur eine Armlänge von mir entfernt, die Sonne hinter ihr, ich ging einen Schritt auf sie zu, um ihr Gesicht sehen zu können, ihre großen Augen, das Spiel ihrer Mundfalten.

«Ich räum nur manchmal bei ihm auf, oben. Ohne mich wär die Hütte hier endgültig vermüllt.»

Eine Hummel pendelte zwischen Karen und mir, stieß an ihren Rocksaum und an meine Jeans, prallte gegen ihre Mantelknöpfe und gegen meine Hüfte. Ich konnte mich nicht erinnern, Karen jemals auf der Galerie gesehen zu haben; sobald sich eine Frau der Betontreppe näherte, schmiss er sie sofort aus dem Haus.

Sie zögerte.

«Hat er dir denn gar nichts erzählt?»

«Natürlich nicht.»

«Ich hab hier gewohnt. Vier Wochen, über die Feiertage.»

«Und sonst, wer hat sonst noch hier gewohnt? Stört es euch, dass ich hier bin? Soll ich gehen? Ist es das, was du willst? Willst du dich einmauern mit ihm?»

Ich boxte gegen den janusköpfigen Stahldrachen, dessen doppelte Blickrichtung mich schon immer gereizt hatte, die rechte Kopfhälfte verbog, meine Hand schrammte den Stachelkamm am Drachenhals entlang, auf dem Handrücken schürfte ich mir die Haut auf, blutete aber nicht, die beiden Visagen sahen nun nicht mehr in entgegengesetzte Richtungen, sondern um neunzig Grad um die Ecke, ich packte beide Stahldrachenunterkiefer zwischen den Händen und bog sie gewalttätig zusammen, bis sie beide in dieselbe Richtung starrten.

Karen senkte den Blick.

«So kenn ich dich ja gar nicht.»

«Ich dich auch nicht, verdammt. Bislang hattest du noch einen Rest –»

«Anstand? Wir sind doch alle erwachsen!»

«Es ist mir egal, was ihr tut. Aber ich mach euch hier nicht mehr den Deppen!»

«Er wusste nur nicht, wie er's dir sagt.»

An Weihnachten hatte sie gar nicht erst zu Besuch kommen müssen. Sie war bereits vor Ort gewesen.

«So ein Filou!»

«Nein. Gourmand, das trifft's.»

Er warf seine Damen aus dem Haus und pfiff sie zurück, und sie liebten ihn auch noch dafür. Auf seine Art hatte das Stil. Ich beeilte mich, Karen über Jakobs Abwesenheit mit Crémant hinwegzutrösten, ohne ihn konnte sie jederzeit aufbrechen, und ich war noch nicht am Ziel.

Über dem Sekt hingen bald mehrere Eintagsfliegen in der Luft, einige von ihnen wurden aus ihrem Verbund gerissen, als sie in Karens Qualmwolke gerieten, schnellten in die Höhe und taumelten dann in kleinen Fallwinden zurück. Am anderen Ufer setzte wieder das Grollen ein.

«Sollen wir nicht runter zum Steg?»

«Das sind doch nur die Sturmgeneratoren.»

«So laut?»

«Er kann schwimmen.»

Karen hatte ihren Crémant schon geleert, bevor ich meinen auch nur an die Lippen geführt hatte, zumindest hierin unterschieden sich Jakobs Freundinnen nicht. Ich goss ihr die Hälfte von meinem Sekt nach, trank selbst einen Schluck, der mir ins Hirn stieg, meinen Plan sofort erleichterte.

«Er hat sich verändert.»

«Ach was, er spielt nur sein Spiel.»

«Du hättest ihn sehen müssen, heut morgen –»

«War Alma nicht gestern bei euch? Dann hatte er nur einen Kater!»

Ich stellte mir vor, wie Jakob und Karen zu Abend aßen, während ihrer gemeinsamen Zeit in der Villa, Langkornrisotto mit kross angebratenen Scampi, und dazu Discounterchampagner leerten, wie sie seine Zigarillos rauchten oder ihre Selbstgedrehten, meine Nachforschungen waren an einen toten Punkt gelangt; ich würde den beiden nicht in die Galerie hinauffolgen, nicht aus Neugierde und nicht im Auftrag Ihrer Majestät.

«Findest du das schön, was du da machst?»

«Ich lag ja nicht in ihrem Bett.»

«Sie denkt, sie wär noch immer so etwas wie deine Freundin, Karen.»

«Wir telefonieren nicht einmal mehr.»

«Vielleicht lässt du die beiden eine Weile in Ruhe? Sie brauchen Zeit für sich.»

«Zeit für sich? Du sprichst ja schon wie Iris!»

«Kann sein, dass sie wieder einzieht.»

«Sehr witzig.»

«Karen, er will dich nicht!»

Sie versuchte, sich ein Gähnen abzuringen, das zu einer fast erschrockenen Grimasse missriet, sie könne sich schon denken, was er mir erzählt habe über Tante Karen, die ihn heiraten und seiner Freiheit berauben wolle, die ihn binde und schinde, früher oder später bestelle er sie dann regelmäßig wieder ein.

«Er wohnt mit dir und wirft dich dann aus dem Haus?»

In der Tat wäre sie gerne bei ihm geblieben, zu Hause halte sie nichts. Aber seit das geklärt sei, nehme sie das alles so wenig ernst wie er selbst.

«Seit was geklärt ist?»

«Er wird sich nicht mehr binden. Mit Iris schon gar nicht. Sie hat ihn sitzen lassen. Vergessen?»

«Ich red so nicht mehr mit dir.»

«Musst du auch nicht.»

Sie lehnte sich zurück, streckte die Beine von sich und breitete die Arme aus, als wolle sie die ganze Welt umfassen, ihre Haut im Gesicht und an den Händen wirkte auf einmal gar nicht mehr blass. Anscheinend war es unmöglich, sein Haus zu betreten, ohne irgendwann in seinem Bett zu landen. Auch ich hatte es nicht geschafft.

«Tut das gut! Juckt auch gar nicht mehr so!»

Ihr Lachen ging in einen Raucherinnenhusten über, der sie mehrere Sekunden im Griff behielt. Als ich sie endlich überredet hatte, mit an den Steg zu kommen, lag der Einer unberührt unter der Plane. Im Schlick waren wassergefüllte Fußabdrücke zu sehen, von Jakob oder noch von Alma und mir, von letzter Nacht.

«Von wegen Rudern!» Karen pfiff durch die Zähne. «Kann mir schon denken, wo der steckt.»

«Karen, er hatte den Neoprenanzug an!»

«Tarnung!»

Sie schloss ihren Seidenmantel, massierte ihre Armbeuge, sie blickte über das Wasser wie über eine verlorene Schlacht, fasste mir ans Kinn, stapfte zur Villa zurück. Bevor sie die Ahornreihe erreichte, drehte sie sich noch einmal um.

«Mach's gut, Kleiner!»

«Karen, er ist wie umnachtet, manchmal.»

«Bei dir sind doch alle umnachtet.»

«Berufskrankheit», sagte ich.

«Glaub mir, es geht ihm besser denn je.»

Die Sonne stand schon tief über dem Horizont, als ich aufgab, das Wasser mit dem Fernglas abzusuchen. Vielleicht hatte er es sich anders überlegt, war schwimmen gegangen, nicht rudern. Weit im Osten leuchteten die Alpenjochs, als würden sie mit orangerotem Bühnenlicht angestrahlt, und die Jollen und Yachten steuerten ihre Häfen an für die Nacht. Es war frisch geworden.

Jakob lud mich ein und lachte mich aus, er zog Grenzen

und freute sich, wenn ich sie überschritt, er gab Alma Geld und unterband, dass sie dafür arbeitete, er wollte feiern und auch seine Ruhe, er wusste, dass ich Iris getroffen hatte und fragte nicht nach, ließ Karen bei sich wohnen und warf sie dann aus dem Haus, wenig später auch Alma, er trainierte für seine Damen und umsorgte die Echsen und Trolle seiner Frau.

Zum vierten Mal, seit Karen fort war, lief ich den Hang hinauf, der Citroën stand unbewegt vor der Empfangstreppe. *Ceci n'est pas une voiture,* prangte noch immer der rostzerfressene, am realen Objekt etwas sinnlose Gruß am Heck, den Iris mühsam in den Oldtimerlack gekratzt hatte. Über dem See legte die Sonne eins dieser beiläufigen Spektakel hin, die weniger den Horizont, als die eigene Netzhaut rot zu färben schienen, und als der Himmel das dunkle Violett annahm, mit dem sich die Nacht ankündigte, brach ich auf.

Der Feldweg zog sich verlassen die Weinberge hinauf, auch die Straße war nicht befahren, unter Blautannen und Kiefern kollidierte ich mit unangenehm großen Faltern. Ich rannte zum Bahnhof und zwängte mich durch die Lücke in der Fliederhecke, überquerte die Gleise und stieg den Stadtberg hinauf, weit unter mir gingen die Lichter an, in der Stadt, am Ufer und auf den Fähren.

Ich nahm die Abkürzung durch den Lorettowald, die Luft roch nach Tannennadeln und Harz, Mäuse oder Ratten kreuzten den Lichtkegel der spärlichen Laternen und huschten über den Reisig davon.

Am Bismarckturm drangen die Bässe schon aus dem Backsteingemäuer, bevor ich auch nur den Vorplatz erreicht hatte, ich klopfte gegen die Tür.

In den Ritzen der Außenmauer hatte sich Sand abgelagert, bewachsen von Moos und von Löwenzahn, ich legte mein Ohr an die kalten, porösen Steine. Keine Stimmen waren zu hören, kein Flaschenklirren und kein Gesang, nur das monotone Dröhnen der Bässe. Eine Baustellenlampe erhellte die Tür und den Windfang, ich bückte mich und versuchte, einen Stein als Türklopfer aus dem Pflaster zu hebeln, keiner der Steine gab nach.

Auch die Fenster waren verschlossen, ich fragte mich, wie man im Inneren des Turms überhaupt Luft bekam, hämmerte gegen die Fensterläden, endlich öffnete sich die Tür.

Alma stand im Morgenmantel vor mir, in dessen Ausschnitt sich kein Kragen einer Bluse, kein Saum eines Bustiers zeigte, sie schaffte es kaum, ihre Augen offen zu halten, hinter ihr leuchteten Fackeln im Flur.

«Hallo? Jemand da?»

«Alma!»

«Hallo? Hallo?»

Sie machte sich daran, die Tür wieder zu schließen, ich klemmte einen Fuß in den Rahmen, Alma drehte sich ins Fackellicht, ihre Augen waren rot, einzelne Äderchen darin aufgeplatzt, sie drückte das Türblatt fester und fester gegen meinen Fuß.

«So ein Mist –»

Sie tastete vor sich die Luft ab, kickte schließlich gegen den Türrahmen, ich packte sie am Arm.

«Alma, ich bin's!»

Endlich ließ sie die Tür los, fiel mir um den Hals und lachte, streichelte mir über den Hinterkopf, ich versuchte, ihre Hände von meinem Rücken zu lösen, als wären es Krakenarme; sobald ich ihre Finger von meinem Rücken freimachte, fasste sie mir an den Hals, und sobald ich meinen Hals befreite, umschlang sie meine Hüften.

«Ich freu mich so!»

«Alma, hör auf jetzt. Ist Jakob bei dir?»

«Willst du was trinken?»

Sie küsste mich auf den Mund, ich hätte eine Berührung unserer Lippen in letzter Sekunde vermeiden können, ich roch den Alkohol, Alma würde sich an den Kuss nicht erinnern. Sie legte ihre Hand an meinen Hals, zählte einige Sekunden den Puls.

«Du nun wieder!»

«Alma! War er bei dir?»

Ich band die Kordelenden ihres Morgenmantels zusammen, ging den Flur entlang, auf die Bässe zu. Links und rechts steckten dicke Kerzen in stählernen Fackelhaltern, den Boden bedeckte feines Parkett. Als Jakob mir letzten Sommer seine neue Bekannte vorgestellt hatte, war dort noch altes Linoleum verlegt.

Das Wohnzimmer beleuchteten pyramidenförmige Lederlampen, süße Kräuterschwaden hingen in der Luft, die Membran des Bassboosters vibrierte sichtbar vor und zurück. Auf dem Glastisch stand eine Jujuflasche, aus einem Aschenbecher stieg Rauch auf, ein Tütchen Kräuter und eine Rolle Endlosblättchen lagen neben den Zigarillos.

In dem Moment, in dem Alma mich von hinten umschloss, setzte der Bass aus und ließ einem Streichereinsatz freien Lauf, der unmöglich in Echtzeit eingespielt sein konnte, die Tonfolgen jagten auf und ab, rissen mich mit, mein Fuß wippte gegen meinen Willen, endlich fing mich der Bass wieder auf, immer im Off, immer härter, immer schneller, und darin die Schreie einer Frau.

Ich dachte, Alma würde schreien, hinter mir, aber die Frau schrie auch dann noch, als ich im Nacken Almas Lippen spürte, ich drehte mich um. Sie nutzte das nächste Streicherplateau, um kopfwippend zum Glastisch zu gehen und nach der Jujuflasche zu greifen, wortlos lehnte ich ab.

«Es ist wirklich nur Schnaps!»

Alma führte nun etwas auf, das ich mit Tanzen bislang nicht in Verbindung gebracht hatte, sie wirbelte über das Parkett, immer in Bewegung, immer im Takt. Ich ging auf die Anlage zu und drehte den Lautstärkeregler auf Null. Die Stille legte sich mir auf die Ohren wie der Druck des Wassers beim Tauchen, Alma ließ sich mitten aus der Bewegung heraus fallen, landete auf einer Chaiselongue, der Morgenmantel war ihr rechts von der Schulter gerutscht.

«An!»

Sie sagte wirklich nur diese eine Silbe, als würde jede weitere sie überfordern. Erst jetzt, als mir der Lärm nicht mehr das Blickfeld verengte, entdeckte ich den Neoprenanzug auf der Chaiselongue, der Reißverschluss war aufgezogen bis zum Beinansatz, die beiden Skulls lagen wie Geleitschutz daneben.

«Was ist denn hier los? Warum ist die Musik –»

Jakob stieg vom ersten Stock herab, er trug Jeans und T-Shirt, erst jetzt erkannte er mich, er griff nach dem Lautstärkeregler und drehte ihn auf, Blechbläser attackierten die Stille, die sogleich vergessen war, Alma löste sich von der Liege, als würde man ihren Sturz im Rewindmodus abspielen, schon tanzte sie wieder durch den kerzenbeleuchteten Raum.

«Philip!»

Er griff nach dem Juju und stellte ihn wieder ab, fingerte

nach der Kräutertüte und legte sie zurück auf den Glastisch, sah mich an und sah weg. Ich wusste nicht, ob er Kräuter rauchte, ich wusste überhaupt nichts, wenn ich ehrlich war. Er roch nach Massageöl oder nach etwas, das ich dafür hielt, ich zuckte mit den Schultern, die Arme standen sinnlos vom Rumpf ab, ich kam mir vor wie eine flugunfähige Gans.

«Die Sturmwarnung», erklärte ich. «Ich dachte, du bist irgendwo auf dem See –»

«Das hast du nicht wirklich?»

Alma tat, als klopfe sie an eine unsichtbare Tür, ihre kleine, geballte Faust schlug mehrfach in die Luft.

«Der Dottore schickt mich, kann ich für Sie kochen? Ich hab grad keinen Job –»

Jakob zwinkerte mir zu, das rechte Lid senkte sich schneller als das linke, er zwinkerte – schief.

«Sie wollen hier kochen, weil Sie keinen Job haben? Dann müssen Sie nicht kochen. Dann kriegen Sie das Geld einfach so!»

Auf einmal sah er alt aus, in dieser Pose hinter einer mehr als zwanzig Jahre jüngeren Frau, im T-Shirt, nicht sein Körper sah alt aus, der wirkte, wie ich ihn kannte; die Spannkraft zwischen den einzelnen Gliedern aber schien abgenommen zu haben, als habe er sie bei mehreren Jünglingen zusammengesucht und scheitere nun daran, sie in Einklang zu bringen.

Er machte sich von Alma frei und flüsterte mir ins Ohr: «Diese eine Nacht nur, lass mir noch diese eine Nacht! Morgen gehen wir frühstücken, nur du und ich –»

«Tanz mit mir, Jakob!»

Er griff sich das Kartonbriefchen mit den Zigarillos und

schnippte die Verschlusskappe auf, strich über das seidene Einlegepapier und roch mit geschlossenen Augen daran, zog einen Zigarillo heraus, toastete ihn über der Kerze wie eine Zigarre, bewegte ihn hin und her, bis das Ende sich schwarz färbte, sog daran und stieß Qualm aus, schließlich drehte er den Zigarillo um, blies gegen das rauchende Ende, bis es glühte, streckte ihn Alma entgegen.

Ihre Finger suchten einander, fanden einander, spielten mit dem Zigarillo, der von seiner in ihre Hand überwechselte, Daumen oder Ringfinger stets ineinander verhakt.

«Karen sagt, sie wär bei dir eingezogen?»

«Sie ist nicht bei ihm eingezogen», zischelte Alma mir zu, «sie ist bei sich rausgeflogen. Krieg das mal nicht durcheinander. Wenn du tanzen willst, kannst du bleiben, wenn du ihn verhören willst, dann geh!»

Jakob machte einen ausladenden Tanzschritt in ihre Richtung, sie ließ sich in seinen Arm fallen, warf den Kopf in den Nacken, bis er sie sanft wieder aufrichtete und mit einem knappen Impuls seines Oberschenkels zur Moulinette führte, die sie mit erhobenen Armen und nach außen geknickten Handflächen vortanzte, während Jakob sie über das feine Parkett begleitete, dann fassten sie sich erneut an den Händen, zogen sich zueinander, stießen sich voneinander, den Partner immer im Blick. Endlich verstummten die Bläser, überließen das Feld den Streichern, die immer langsamer wurden und in einem übertrieben feierlichen Tremolo schlossen, erschöpft sank Jakob neben dem Neoprenanzug auf die Liege. Mit Iris hatte ich Jakob niemals tanzen gesehen, ich hatte keine Ahnung, wie viel Geld er Alma zahlte, dass sie sich erst von ihm aus dem Haus werfen und ihn dann mit sich feiern ließ, ob nicht längst eine andere Währung ihre Beziehung bestimmte; nichts würde ich in Berlin von diesem Treiben berichten.

Alma fiel wieder in ihre alte Rolle, spielte wie vor Publikum, wahrscheinlich war sie weder betrunken noch von ihren Kräutern berauscht, beim Gehen legte sie einige torkelnde Schwenks hin und verlor effektvoll den Zigarillo aus ihrem Mundwinkel, sie verfolgte ihn über das Parkett, er rollte wie ferngesteuert von ihr fort und unter die Chaiselongue, auf der Jakob in Kürze einzuschlafen drohte.

Alma führte die flache Hand in die Ritze zwischen Lehne und Fußleiste, zog mit Daumen und Zeigefinger keinen Zigarillo, aber ein rotes Portemonnaie hervor und leerte es aus. Wahllos griff sie sich Dokumente und Geldscheine heraus, hielt sie in die Höhe. «Mein Führerschein, meine Kreditkarte, fünf Euro, hier ist mein Organspendeausweis und das ist mein Schatz!»

Sie streckte mir ein Automatenbild entgegen, Jakob hatte die Augen darauf einsteinweit aufgerissen und mindestens zwei Promille im Blut. Ich bückte mich und griff nach ihrem Pass und schlug ihn auf. *Bartensen, Almut-Marianne,* las ich, *31.03.1967, Ravensburg. Deutsch.* Also hatte sie die Vierzig doch überschritten, auf dem Foto sah sie aus wie siebzehn.

«Süß, oder?»

Ich wusste nicht, ob sie ihr Foto im Ausweis oder Jakobs Automatenbild meinte, er hatte sich in seinen Neoprenanzug gekuschelt, die Augen geschlossen, als habe er seine *Liebe zum Schlaf* wiedergefunden, einen nicht entzündeten Zigarillo im Mund.

«Jakob –»

«Später, mein Sohn.»

Ich fühlte mich endgültig wie der Gast, der nur geduldet wird, weil er Drogen verschenkt, wie der Mitarbeiter, der nur nicht gemobbt wird, weil ihn der Chef protegiert, wie der Lehrling, dem niemand seine Fehler vorhält, weil dem Vater die Firma gehört.

«Bis dann.»

Alma begleitete mich formvollendet zur Tür.

«Bisous!», bettelte sie, und ich hielt ihr auch noch die Wange hin. Sie roch nach ihren Kräutern und nach Haarwachs und warmer Haut.

«Pass auf ihn auf!»

«Du auch.»

«Bis morgen», rief Jakob aus dem Wohnzimmer herüber, «nur du und ich!»

Die Nacht war kalt, die letzte halbe Stunde hatte mein Blut zusätzlich heruntergekühlt, ich presste die Kiefer zusammen, knirschte mit den Backenzähnen, die Luft im Lorettowald roch immer stärker nach Buchenholzrauch. In der Dunkelheit war es schwer, nicht an Alma zu denken, an den aufgeschlagenen Morgenmantel, ihren gestreckten Körper beim Tanz. Sie war fast zwanzig Jahre älter als ich, unter mir knackten Zweige, kurz und laut und ohne Echo, kein Tier regte sich, kein Ast einer Tanne, für Alma war ich vierzig Jahre zu jung.

Endlich erreichte ich die Uferpromenade, rings um die Bucht erstrahlten die neuen Straßenlaternen, denen das Stadtmarketing zu historischem Gasbetrieb verholfen hatte, einen Moment glaubte ich, es sei Jakob, der über das abendliche Flackern und über das morgendliche Erlöschen herrschte, über die Stadt und ihr Spiel mit den Touristen, und hätte der See Ebbe und Flut gekannt, hätte Jakob auch darüber geherrscht.

Weit nach Mitternacht war niemand mehr unterwegs auf der Promenade, dunkel ragte der Bismarckturm in den Himmel, perspektivisch verkleinert zu einer Bleistiftspitze, unter mir gluckste der See auf, als habe sich die Ufermauer am auflandenden Wasser verschluckt.

Statt einer hornigen Reminiszenz an seine Schraubenziegen hingen Hirschgeweihe in Dottos Flur, von Rehen oder von Elchen, keine Ahnung, ob sich auch Rentiergestänge oder gar Bisonhorn darunter befand, die Geweihe waren alt und verzweigt, aber ganz ohne Staub.

«Jagdtrophäen?»

«Was hattest du denn erwartet? Coffeetablebooks?»

Dotto stand in Kleidern vor mir, denen ich anzusehen glaubte, dass sie noch vor wenigen Sekunden auf einem Stuhl neben dem Bett gelegen hatten, er war barfuß, die Haut seiner Füße unfassbar bleich. In seinem Wohnzimmer hingen keine Geweihe an der Wand, sondern orange gestrichene Tapeten, es roch nach Farbe oder nach Leim oder auch nach dem Kokosläufer, mit dem der Boden bedeckt war.

Mein Blick fiel auf die Draufsicht eines Stadtviertels an der Wand, in einer kleinen Küche kochte Dotto Kaffee. Er bedauerte, dass er etwas verquollen aussehe, das sei aber nicht auf Schlaf zurückzuführen, er habe mich längst erwartet, am See werde so lange getrunken und gesungen, bis es brenzlig werde.

«Und dann erinnern sich alle an mich!»

Er brachte zwei dampfende Kaffeetassen und eine Zinnschale voller Kürbiskerne, stellte das Tablett auf einen Holzwürfel und wies mich an, auf dem Boden Platz zu nehmen.

«Und das lässt du dir gefallen?»

«Ich bin nicht hier, um mich vor irgendwem zu beweisen. Dottor Saporito – das ist vorbei. Ich bin gern euer Dotto.»

«Sie nehmen einen nicht ernst, wenn man helfen will. Das gilt hier als Schwäche.»

«Da stehen wir beide doch drüber!»

Er setzte sich mir gegenüber in den Schneidersitz, eine Weile war nur das Kratzen seiner Fingernägel auf Zinn zu hören, wenn er mit schwerer Hand in das Schälchen griff, keiner von uns trank seinen Kaffee.

«Ich hab gelesen, dass das nichts bringt. Sie machen nur Geld damit.»

«Kann nicht jeder so fit sein, wie dein Vater.»

Ich begutachtete den Stadtplan an der Wand genauer, in der Draufsicht sah *Tauban-Süd* wie ein überbreiter Speer aus, in den geometrische Wohnstraßen eingelassen waren. An der Speerspitze lief eine Eisenbahnlinie entlang, eine Tram fuhr längs durch den Schaft, *Solarsiedlung,* las ich im Osten, und fand mehrere *Grünspangen*, die Straßen waren nach deutschen Expressionisten benannt.

«Gut geworden!»

Er freute sich, als hätte ich seine Tochter gelobt, er hatte keine Tochter, die ich loben konnte, und die Mutter seines Sohnes vor über zehn Jahren verloren, er hatte keine Cousins und keine Geschwister, nur diesen längst erwachsenen

Sohn. Der hatte in Genua Europäisches Recht, in Rom Zeitgenössische Geschichte und in Mailand Kommunikationsästhetik abgebrochen und nahm in Dottos Erzählungen jährlich weniger Raum ein, man fragte besser nicht nach.

«Sie machen das jetzt überall nach. Aber erfunden haben wir's!»

Der Stamm symbolisiere die Kraft des Lebens: Rechtecke mit ungleichen Seiten, die übereinander getürmt seien, kleine Lebensräume, Binnenräume, individuelle Nester, Kuben und Globen, die deutschen Vokabeln habe er bei Jakob gelernt, zusammen aber eben ein Stamm. Er sprach von Genossenschaftsmodellen und Carsharing, vom Stadtteil der kurzen Wege und von einem ökologischen Nahwärmekonzept, er machte eine Pause, die mich bewog, genauer hinzuhören, sagte: «energetische Nachhaltigkeit.»

«Ich hätte dieses Jahr in Berlin bleiben sollen.»

Dotto benötigte einen Moment, bis er aus seinem Vortrag fand.

«Tut mir leid, mit Marie.»

«Ich wollte nicht über Marie mit dir reden.»

«Ich weiß, ich weiß. Aber ich kann ihn verstehen! Er hat sein Leben lang gegen die Autolobby gekämpft, für soziale –»

«Das sind doch alles nur noch Floskeln! Warum steht er nicht mehr zu seinen Ideen? Als ob er früher vor lauter Kämpfen keinen Spaß gehabt hätte. Merkt er nicht, wie lächerlich er sich macht?»

«Er findet einfach nicht mehr aus seiner Rolle. Wir beide können ihm dabei nicht helfen.»

«Er sagt, er sieht sie manchmal. Wie sie sich am Steg hinaufzieht, in die Villa tapst, nachts, bei Sturm. Aber weißt du, wo er grad steckt? Das passt doch alles nicht zusammen!»

Er zerkleinerte seine Kürbiskerne wie eine gut eingestellte Maschine, sog Überreste aus Zahnlücken und Zahnfleischtaschen, führte eine weitere Handvoll nach.

«Ich mach hier Urlaub, Philip. Und das solltest du auch endlich mal tun. Du arbeitest, dein Job ist hart. Warum lässt du dich auch am Wochenende noch einspannen?»

«Sie kommen ja nicht klar!»

«Mein Sohn ist auch nicht da, wenn ich ihn brauche. Du hast deinen Zivildienst geleistet, arbeitest Vollzeit. Jakob kann stolz auf dich sein. Denk mal an dich!»

Ich umfasste meine Tasse, der Kaffee war kalt, die Kokosfasern bohrten sich in meine Knie. Wahrscheinlich war es der Industrieklebstoff unter den Fasern, der so ungesund roch.

«Wusstest du, dass Karen für einen Monat bei ihm eingezogen ist?»

«Sie ist wohl eher bei sich rausgeflogen.»

«Das hat Alma auch behauptet.»

Er zündete Teelichte an, verteilte sie auf dem Holzwürfel, auf der Kommode, in den Zimmerecken, die wie schmucklose Herrgottswinkel aufflackerten, dann ließ er sich wieder im Schneidersitz nieder. Was hatten Jakobs Freunde bloß gegen das Licht? Nur eine Stehlampe erhellte den Stadtplan und die Küche, im Regal standen Konserven. Wo hatte er sein extra natives Olivenöl, wo seinen Knoblauchzopf und den handgezupften Oregano?

«Karen nennt ihr Zuhause seit Jahren eine Camera Obscura. Darin sitzt ihr Freund vor dem Fernseher, schaut Talkshows und Gerichtssendungen, und wenn sie nachfragt, sagt er: Ich mache Kunst.»

«Aber er ist doch beim Film?»

«Er war vielleicht mal auf einer Filmhochschule.»

An einem Sonntagabend schauten Karen und ihr Freund zusammen fern, sie leerte eine ganze Flasche Crémant dabei, spottete während des durchaus spannenden Hamburgkrimis über die Erfolglosigkeit ihres Couchbewohners und über seinen schäbigen Bartwuchs; die wenigen Haare, die ihm verblieben, solle er nicht auch noch zum Friseur tragen, er sei doch kein Vorgartenstutzer.

«Warst du dabei?»

«Auch sie klingelt manchmal nachts an meiner Tür –»

Beim Abspann stand ihr Freund auf und leerte außer der Crémantflasche auch Karens Schnapsbar in den Ausguss, ihren Marc und ihren Pernod und das Kirschwasser, er tobte nicht und brüllte nicht, Karen fühlte sich wie eine Alkoholikerin, er hielt ihr nur noch die Tür auf. Er ließ sie einen Monat nicht in sein Haus und dann wieder einziehen. Jakob war sie schon nach einer Woche zuviel.

«Und Alma ist ihm wenig genug?»

«Kommen und gehen, manchmal bleiben. Keine Forderungen stellen. Sie hat das alles sofort kapiert.»

«Ich hab den Eindruck, dass sie ziemlich viele Forderungen stellt.»

«Es ist Alma. Sie darf sich natürlich etwas mehr rausnehmen.»

Ich stellte mir vor, wie ich Alma ein zweites Mal kennenlernen würde, mit den sechzig Jahren, die sie von einem Mann offenbar erwartete, ich würde sie nicht auf Englisch ansprechen, obwohl Männer dieses Alters das stets für galant hielten, und ein richtiges Leben für sie geführt haben, mit Turnschuhe tragen und Steine werfen, ich wäre informiert und dennoch gut gelaunt und würde nachts mit ihr im Bismarckturm tanzen, ich rechnete nach, Alma wäre dann siebenundsiebzig Jahre alt.

«Sie machen sich über dich lustig, Dotto. Hast du sie wirklich für eine Asylantin gehalten?»

Er holte eine edle Zwetschgenschnapsflasche aus der Küche, stieß mit mir an und füllte seine Tasse erneut, nach der zweiten sank er halb auf den Kokosläufer zurück. Er habe nur ihre Hautfarbe gesehen und daraufhin einen Akzent gehört, den sie nicht gehabt habe. Seither fühle er sich neben Alma wie ein stinkender Fischer, er könne sie nicht einmal begrüßen, ohne an seine Blamage zu denken, und mit jedem ihrer Blicke, mit jeder ihrer raren Berührungen erinnere sie ihn daran.

«Du hast ihr helfen wollen, nur weil sie schwarz ist?»

«Findest du das rassistisch?»

Noch auf dem Heimweg hatte ich Aspirin aus der Notapotheke besorgt, sicher würden Jakob Kopfschmerzen plagen, wenn er nach Hause käme, vom Juju, von seinen Frauen, von seinen Drogen, für unsere letzten gemeinsamen Stunden brauchte ich ihn mit klarem Kopf. Ich erinnerte mich an die orangestichigen Fotos rauchender, grinsender, haariger Männer und Frauen in meinem Alter, an seine psychedelischen Geschichten dazu, und plötzlich fragte ich mich, ob das Muster, das ich suchte, nicht einfach in einer plötzlichen Rückbesinnung auf diese alten Tage zu finden war.

Ich saß neben dem Ruderboot auf dem Steg und sah auf den See hinaus, in dem sich die Wolken spiegelten, es roch, als würden das Schilf und die Wiese dahinter ihren Sauerstoff direkt in meine Lunge abgeben, das Kiefernholz des Stegs war über die Jahre grau geworden, um ein Astloch herum faserte die Maserung aus, das Holz war trocken und warm.

«Frische Laugencroissants!»

Jakob tauchte zwischen den Ahornbäumen auf und präsentierte seine Papiertüte wie ein Geschenk, von dessen Großzügigkeit er selbst gerührt war. Er trug eine schwarze Stoffhose und ein weißes Hemd, das bis zu den Armbeugen aufgekrempelt war.

«Magst du doch immer so gern!»

Ich sah wieder auf den Schlick hinab, feines Treibgut war angeschwemmt worden, Schilfgrasstauden, dornige Äste, schwarze Ahornblätter vom letzten Herbst, der See roch leicht modrig und doch auch frisch. Ich hatte meine Schuhe ausgezogen, ließ die Füße im Wasser baumeln, es war angenehm kühl.

Laugencroissants hatte ich noch nie gemocht, die Sonne blendete, ich schaffte es nicht aufzusehen, hielt den Blick weiter gesenkt. Ein Schwarm kleiner Felchen näherte sich den Holzpfosten des Stegs, blinkte knapp unter der Oberfläche, scharf konturiert. Der größte der Felchen wagte sich bis zu meinen Zehen vor, ich hielt die Füße so still wie möglich, bald trauten sich auch die kleineren nach, etwas kitzelte mich, nagende Fischmäuler oder auch nur die kleinen Druckwellen, die sie vor sich herschoben, Jakob betrat den Steg, der Schwarm löste sich auf.

«Schön hast du's hier.»

«Ich hab dir Aspirin besorgt.»

«Warum denn das?»

Er setzte sich neben mich auf das Holz und genoss *die Sonne, das Wasser,* inhalierte lautstark die Seeluft, *sowas habt ihr gar nicht da oben,* dann gähnte er wie ein glücklicher Mensch. Er war noch nie *da oben* gewesen, und ich malte mir aus, wie ich die Wohnung für ihn herrichten würde, nicht zu sauber, nicht zu einladend, ich würde ihm die Floßkneipen auf dem Landwehrkanal zeigen, den *Molecule Man* im Osthafen, das gigantische Russendenkmal im Treptower Park.

«Die Sonne», sagte er, «das Wasser!»

Er reichte mir die Tüte herüber.

Ich gab nach und nahm ein Croissant, Jakob verspeiste das zweite mit drei großen Happen. Es war schon weit nach Mittag, aber ich hatte noch nicht gefrühstückt. Er fegte sich die Croissantkrümel von Hemd und Hose, zog ein Taschentuch hervor und rieb sich die Hände sauber, im Wasser wurden die Krümel heftig umkämpft.

«Wahnsinnsseeluft. Das gibt's nur hier!»

Als hätte es sich mit ihm abgesprochen, zog ein Tagpfauenauge vorüber, nah genug, dass ich die blauen Augenflecken in den rostroten Flügeln erkannte, unter hektischen Kurswechseln verschwand der Falter seitlich im Schilf. Hoch über dem See schallte monoton die Cessna vom Vortag, ich suchte den kleinen, metallenen Punkt am Himmel, die Sonne war wieder zu grell.

Ich blinzelte mehrmals, bekam den Blick nicht scharf, erinnerte mich an Jakob auf Konferenzen, im Citroën und im Anzug, ich selbst an seiner Hand oder mit Iris auf der Rückbank, unzählige Messingfalzbleche auf meinem Schoß.

«Hast du ihr das Parkett bezahlt? Damit ihr besser tanzen könnt?»

«Sie hat doch keine Stelle. Ich glaub, sie will auch gar keine mehr.»

«Weil du sie aushältst?»

«Weil sie gern frei ist.»

«Und fürs Tanzen, kriegt sie da auch was?»

Er lachte.

«Ich klär dich besser mal auf, auch wenn du eigentlich zu alt dafür bist. Das Prinzip der käuflichen Liebe funktioniert so: Die Frau, die dich nicht liebt, bekommt Geld, damit sie so tut, als ob. Bei uns ist es eher umgekehrt.»

«Sie gibt dir Geld, damit du sie liebst?»

«Nein, sie kriegt das Geld, damit sie mich nicht liebt. Zumindest nicht mehr, als mir guttut –»

Ein Fischreiher zog eine langgestreckte Bahn über die Bucht, flog eine Kurve und landete zischend im flachen Wasser. Bald stand er einbeinig in unserer Nähe, ein Windstoß fuhr ihm ins Gefieder, er schnappte nicht nach den Felchen, schwankte nur, sein Spiegelbild im Wasser bewegte sich hin und her, wirkte realistischer als der Reiher selbst.

«Also schön, also schön –»

Er brach ab.

Der Reiher versuchte, sein Gefieder zu glätten. Kaum lagen die Federn am Rumpf an, zerzauste ein neuer Windstoß die Ordnung, und der Reiher begann von vorn. Aus südlicher Richtung gellte ein Kläffen herüber, das nicht vom benachbarten Grundstück stammte, eher vom Seerücken, vielleicht aus der Schweiz.

«Das geht mich natürlich nichts an», sagte ich. «Es geht

mich natürlich alles nichts an. Ich interessier mich auch gar nicht dafür.»

Der Fischreiher drehte den Kopf aus dem Wind, legte ihn schief, sein rechtes, nun oben liegendes Auge leuchtete, alt und grau und doch klar. Er schien zu spüren, dass der Hund weit entfernt war, keine Gefahr bedeutete, er wechselte sein Standbein, kleine Ringe umschlossen die Punkte, an denen er das eine Bein aus dem Wasser zog und das andere hineintauchte, die Ringe vergrößerten sich langsam, liefen bald aus.

«Hauptsache, es geht dir gut?»

«Du meinst –»

Er führte seinen Zeigefinger an die Schläfe, drehte ihn hin und her.

«Ich bin doch nicht so ein Bastian!»

«Nimmst du Drogen? Wie damals?»

«Das sind doch alles nur Geschichten! Ich hab in meinem Leben gerade mal einen Joint geraucht.»

Er zwinkerte mir zu, sein Lid begann zu zucken.

«Und den nicht mal inhaliert.»

Erst jetzt bemerkte ich die winzigen Wolken, die unregelmäßig aus Schnabel und Nüstern des Reihers drangen, biologisch unmöglich, wie ich gedacht hätte, zweifelsfrei aber vorhanden. War es nicht viel zu warm dafür, seine Lunge nicht viel zu klein? Der Hund kläffte erneut, der Reiher war nicht aus der Ruhe zu bringen, hatte das Wechselspiel seiner Beine eingestellt, schwankte nur leicht noch über der Wasseroberfläche, gefolgt vom eigenen Spiegelbild.

Ich sah Jakob ins Gesicht. Im harten Licht der Sonne wirkte der Braunton seiner Haut plötzlich künstlich, als hätte sich ein Visagist um einen Ton in der Farbpalette geirrt.

«Ich glaub», sagte er, «wir müssen hier beide mal fort! Und dann erzählst du mir endlich mal was –»

Er stand auf.

Die Felchen wollten nicht glauben, dass ihre unverhoffte Mahlzeit bereits beendet war, wieder und wieder stupften sie mit den Mäulern durch die Wasseroberfläche und glitten aufgewühlt durcheinander, über jedem der winzigen Mäuler wölbte sich die Haut des Wassers, bevor die Oberflächenspannung zerplatzte, ich klaubte letzte Croissantkrümel aus meinem Troyer, erwischte bald nur noch Wollflusen, die sie verschmähten.

Ich blieb sitzen.

Ob ich mich an unsere gemeinsamen Fahrten in die Berge erinnere, an die Klettertouren auf den Felsbalkon, ohne Falzbleche auf der Rückbank, ohne Podium bei der Ankunft, nur wir zwei?

«Wartet nicht eine der Frauen auf dich?»

«Wenn eine kommt, werf ich sie aus dem Haus.»

Gemeinsam gingen wir zur Villa hinauf. Strudel warmer und würziger Luft wehten uns in die Gesichter. Ich hob meine Hand und wollte sie Jakob auf die Schulter legen, er lief in großen Schritten voran.

Das Frühstück vom Vortag hatte er endlich abgeräumt, unter der Tiffanylampe leuchteten frische Narzissen. Er brachte zwei handlasierte Keramikschalen mit Boagriffen und setzte sich zu mir. Erst, als ich mich weit über meine Schale beugte, entdeckte ich am Boden einen winzigen Espresso. Wir stießen an, die Keramik klang, als würde sie spätestens beim Absetzen auseinanderbrechen.

Jakob stand bereits im dünnen Leinenjackett in der Tür und klimperte mit dem Autoschlüssel, aber der Espresso hatte mich durstig gemacht, ich ging noch einmal ins Bad. Der leere Ausdruck meiner Augen im Spiegelschrank erschreckte mich. Ich öffnete die beiden Flügeltüren, eine Blisterpackung Haarwuchspräparat und eine Tube Selbstbräunungscreme fielen mir entgegen, *ihr Puder und ihre Pinsel* waren ausgeräumt worden. Auf der Ablage stapelten sich Haartönungen und Mineralcremes. Q 10+ für die Augen, las ich, Collagen-Auffüller für die perfekt umsorgte Haut, die Packungen waren allesamt neu. Ich fürchtete, auf hellblaue, rautenförmige Tabletten zu stoßen oder gleich auf eine Spritze Botox, und wandte den Blick ab, ließ die Magneten der Flügeltüren mit einem metallischen Klacken aufeinanderschnappen.

Das Wasser schmeckte auf einmal nach Chemie.

«Wo steckst du denn?»

Unwahrscheinlich, dass er das Zuschnappen der Magneten gehört hatte, dennoch machte ich einen Umweg über die Terrasse und den Park, um nicht aus Richtung des Bads auf ihn zuzukommen.

«Nehmen wir eigentlich den Zug?»

Es blieben nur noch wenige Stunden, meine Verbindung ging um viertel nach sieben.

«Nein, *Ihre Majestät.*»

«Aber du bringst mich nachher zum Bahnhof?»

«Das hat doch noch Zeit!»

Der Citroën hatte einen kompakten Kofferraum, in den sich mein Rucksack gerade eben verstauen ließ, mechanische Fensterheber und weißes, geriffeltes Sitzleder, das Jakob vor einem Jahr hatte neu aufziehen lassen. Im Wagen roch es nach Zigaretten, nach selbstgedrehten, wie ich glaubte, und einen Moment schien mir, als wäre auch das mundwarme Messing von Karens Zigarettenhalter zu riechen.

Auf dem Armaturenbrett lag eine Kunstzeitschrift, deren Namen mir nichts sagte, er las also gleich zwei dieser Hefte, das Cover zeigte einen Strandroboter aus Stahl, einen mit Blechpailletten verzierten, übermannsgroßen Koloss, der einem Dinosaurier nachempfunden war und laut Inhaltsverzeichnis *eines der berühmtesten Strandroboterrennen der Welt* gewonnen hatte, die Roboter programmierten ihre eigenen Bewegungsabläufe in Echtzeit, ich blätterte um.

«Sie ist da nicht drin.»

Ich betrachtete ihn von der Seite, stellte das Radio an und die Börsennachrichten wieder aus, schob eine CD in die Anlage und drehte Almas Bukowinabeat wieder ab.

Wenn Jakob nach dem Lederknüppel griff, um in den nächsten Gang zu schalten, ragte ein weißer Hemdstreifen unter dem feinen Leinenärmel hervor, als würde er für einen Autospot posieren oder für eine Uhrenanzeige.

«Lass doch mal die Börse!»

Draußen zog in blendenden Buchten der See vorüber, mit Fähren und Plastikbojen darauf, die Uferstraße führte hinauf und wieder hinunter, der See entfernte sich und kam wieder näher, dann kurvten wir auf den Seerücken, erreichten bald die Schweiz, die Grenzer hielten uns an.

Sie trugen martialische Anzüge, mit denen sie auch für einen langwierigen Stellungskrieg gerüstet gewesen wären, schon im Winter würde der Grenzspuk nach einer Gesetzesnovelle enden. Die Grenzer wussten das und sie wussten, dass wir das wussten und sie schämten sich dafür und befolgten ihre Richtlinien umso penibler.

«Fahren Sie bitte rechts ran!»

Ein höchstens Zwanzigjähriger verschwand mit unseren Ausweisen in der Grenzbaracke.

«Man muss aufpassen.»

Jakobs Blick war in sich gekehrt. «Sie sind ausgebufft in ihren Methoden. Sie geben sich freundlich und hegen doch Hintergedanken. Man muss mit ihnen spielen, dann schnurren sie wie schwangere Katzen. Man muss einen Teil von sich preisgeben und einen anderen verstecken, sich auch mal zurückziehen. Reicht man ihnen den kleinen Finger, stülpen sie gleich einen Ehering über. Lädt man sie zum Tee in die Villa, holen sie ihre Koffer und ziehen ungefragt ein.»

Das Grenzerkind kam zurückgeschaukelt in seinen Knobelbechern.

«Gute Fahrt!»

«Und dafür die ganze Show? Das Tor? Der Blumendraht? Ein Rauswurf pro Tag?»

«Du solltest nichts sehen, was du ihr nicht sagen könntest –»

«Ich hatte eher das Gefühl, ich sollte das alles sehen.»

«Ja. Also nein – ich mein, sie braucht nicht denken, dass ich hier vereinsame, aber –»

«Du musst dich schon entscheiden!»

Jakob fuhr im zweiten Gang an, der Motor soff beinahe ab, der Grenzer blieb in einer dicken Abgaswolke zurück. Es hätte mich nicht gewundert, wenn Jakob ihn damit bestrafen wollte, für die Lebenszeit, die er ihm gestohlen hatte, für den Eingriff der Staatsmacht in seine Privatsphäre, vielleicht war er auch nur zu zerstreut.

«Aber Alma und Karen sind einfach nicht aus dem Haus zu bekommen! Was soll ich denn tun?»

«Kein Wunder, wenn du ihnen immer so spannende Sachen erzählst.»

«Ich weiß nicht, was du Alma gesagt hast, aber ich war wirklich im Knast, damals.»

«Du hast ein paar Gefangene besucht. Ich weiß doch Bescheid.»

«Das waren nicht ein paar Gefangene, das waren Staatsfeinde. Im Hochsicherheitstrakt!»

«Ach, Jakob. Dann hättest du sie gar nicht besuchen können.»

«Im Gegensatz zu euch haben wir wenigstens etwas versucht, damals!»

Ich kurbelte das Fenster herunter, die Luft roch nach gemähten Wiesen und nach Kamille, der See lag inzwischen tief unter uns und hatte seine Struktur verloren, wirkte glatt, eher grau als blau.

Jakob fuhr nicht so sportlich wie er dabei aussah, er bremste stark vor den Kurven und leitete sie dann gemächlich aus, als lenke er einen überladenen Pickup, bei Gefälle bremste er ruckartig und schaltete bei der nächsten Steigung zu spät herunter.

«Ist ja auch egal, jetzt.»

Er hob die Hand, damit ich einschlug, was ich nicht einmal bei Gleichaltrigen tat, also führte er die Hand grüßend an die Stirn weiter und gab Gas.

«Wie geht es ihr eigentlich?»

«Sie wird nach ihnen fragen. Karen, Alma –»

«Und was wirst du berichten?»

«Da musst du mir schon vertrauen.»

Jakob würde mich wieder vom Zug abholen. Karen und Alma würden gemeinsam mit Iris neue Flickenmantelkollektionen nähen und Serien von Drachenschwanzzacken aussägen. Dotto würde über die Sommermonate anreisen und für alle Spanische Nieren braten – wenn es denn Spanische Nieren sein mussten. Jakob würde seine einstigen Ideale nicht mehr als Irrungen abtun, sondern mit alter Kampfkraft vortragen.

«Böse Gedanken?»

«Vielleicht.»

Seine Versuche, die Frauen aus dem Haus zu werfen, müsse ich ihm voll anrechnen, er brauche jetzt meine Hilfe, nicht er komme zu ihnen, sondern sie kämen zu ihm, das kleine Turmfest möge ich bitte vergessen, er habe Almas Kräuter nicht vertragen, ein Ausrutscher, einmalig, geschenkt.

«Sag was dazu!»

«Kannst du nicht einfach mal eine Minute still sein?»

Wir stachen ins Hinterland, auf den Wiesen Klatschmohn und violett blühender Klee, fuhren hinauf ins Voralpenland. In den Nordkurven hielt sich letzter Raureif, Tauwasser strömte die Böschung herunter, von den Bäumen fielen dicke Wassertropfen aufs Autodach. Wir passierten eine Koppel, die Hengste waren alt und fett.

«Es wird nicht einfach werden. Nach allem, was du hier aufgeführt hast –»

«Aber sie hat doch selbst einen nach dem anderen!»

Er überholte ein Schweizer Postauto und steuerte bald eine sandige Parkbucht am Straßenrand an. Bevor er die Zündung abdrehte, ließ er die Kupplung hochschnellen, der Wagen machte einen Satz nach vorn, der Kühler versank in einem Wall aus altem Laub. Jakob stieg sofort aus und wischte Chrom und Blech mit einem Papiertaschentuch sauber. Das Postauto holte uns ein, hielt an der kleinen Abfahrtstafel neben der Parkbucht, ließ einen Wanderer aussteigen, der grußlos auf einen Trampelpfad bog und mit klobigem Schuhwerk ins Tal abstieg.

«Tausendvierhundert Meter», sagte Jakob stolz.

Ich stieg auch aus, er schloss die Fahrertür ab.

«Brauchst du doch nicht, hier oben!»

Er schien einen Moment lang Wartungszwang und Freidenkerei gegeneinander abzuwägen, schließlich nickte er mir anerkennend zu, Kofferraum und Beifahrertür blieben unverschlossen. Er strich über den rostenden Schriftzug am Heck, als wolle er die lacksprengenden Buchstaben dadurch versiegeln, steckte den Schlüssel wieder ein und stieg in zügigen Schritten den Pfad hinauf, an Dornbüschen und Krüppeltannen vorbei, ignorierte die Wegmarkierungen, die gelben und blauen Rauten und auch die Kreuze, die eine falsche Abzweigung anzeigten, er lief, als müsse er schnellstmöglich Höhe gewinnen, hin und wieder stieß eine kleine Geröllladung polternd bergab.

Auf einem Felsvorsprung machte er Halt und präsentierte mir das Tal wie sein Eigentum, der gegenüberliegende Gipfel reckte sich so weit entfernt in den Himmel, dass sich die Köpfe der wenigen Menschen darauf nur als kleine Punkte erkennen ließen, weit unter uns lagen Höfe und Weiler, die man mit einer großen Armbewegung zusammenfegen und aus dem Tal räumen wollte. Ich setzte mich auf den Pfad, das Kalkgestein stach mir noch durch die Jeans spitz in die Haut.

«Machst du schon schlapp?»

Er kramte Müsliriegel und Bierdosen hervor.

Er tat das tatsächlich.

«Eigentlich können wir gleich wieder umdrehen», sagte ich mit einem Blick auf die Uhr.

«Wir wollen doch noch auf den Balkon!»

Klarer Himmel, warmes Gestein, neben mir frühe Bergastern: Gleich würde eine Kuhglocke aus dem Tal heraufläuten oder ein Wanderer «Grüezi» oder «Grüß Gott» sagen, aber bis auf das Zischen beim Öffnen der Bierdosen blieb alles still. Zurück in Berlin würde ich sogar die Graffitis auf meinen Fensterscheiben lieben, das Autoinferno auf der Elsenbrücke am Freitagnachmittag, die Hundehaufen im Schlesischen Busch.

«Ihr wart also zusammen essen?»

Er hatte fast eine Stunde seit unserer Abfahrt mit der Frage gewartet.

«Indisch. Oder vietnamesisch, das blieb etwas unklar.»

Sein Schweigen war gierig.

«Du weißt, dass sie damals gar nicht nach Istanbul wollte», sagte ich, als Desertieren längst lässlicher als Treue erschien, «du weißt, dass sie dennoch hingefahren ist, und du weißt auch, warum und mit wem. Du weißt, dass sie nach ihrer Zeit mit dem Klempner mit einem Sammler in Hamburg gelebt hat, und du weißt, dass sie ein zweites Mal nach Istanbul aufgebrochen ist, allein.»

«Sag das noch mal.»

«Sie ist wieder nach Istanbul, und wollte –»

«Das mit dem Sammler.»

«Sie hat mit ihm in Hamburg –»

«Sie *hat*?»

Auf dem Kalk neben mir trugen Ameisen Tannennadeln und Blätter von Bergdisteln zusammen. Ob uns zuerst die Kleintierwelt oder das unselige Gespräch zum Aufbruch bewegen würde? Ich schnippte eine erste Ameise von meinem Hosenbein, sie landete auf einer Bergdistel, fiel rücklings auf den Kalk und rappelte sich sekundenschnell wieder auf.

Jakob walkte seine rasierten Wangen, als wolle er eine seiner Faltencremes einmassieren.

«Aber der Klempner, den –»

«Wach auf, Jakob. Ihre Trollkartons und Echsentaschen stehen in einer Garage in Hamburg. Sie lebt im Hotel.»

«Warum hat sie das nicht gesagt?»

«Dafür müsstet ihr dann schon miteinander sprechen, fürchte ich.»

«Ich würd ja anrufen!»

«Aber?»

Eine Nachricht vibrierte in der Stille, Jakob griff nach dem Gerät.

«Nun lass doch mal, verdammt!»

Soweit ich das in der Sonne erkannte, versuchte er nicht, die Nachricht zu lesen, sondern einen Namen in seinem Adressbuch zu finden, er hatte sich das ganze Wochenende über bei niemandem gemeldet, Anrufe immer nur entgegengenommen, und auch jetzt rief er niemanden an, er legte das Gerät beiseite, wartete, und ich wartete auch.

«Ich wollt nur mal sehen, ob ich ihre Nummer noch hab.»

«Sie hat eine neue.»

Bald hatte er alles erfahren, was er von mir erfahren konnte, er hatte mich dafür ins Gebirge kutschiert und sogar Bier und Müsliriegel mitgebracht. Ein Schatten huschte dicht über unsere Köpfe hinweg, Jakob und ich duckten uns gleichzeitig, ein Bergfalke, der hinter uns über den

Hügelkamm gestiegen war, verlor sich mit leise pfeifenden Schwingen in der Weite des Tals.

«Ich kann nicht glauben, dass sie allein ist und mir das keiner mitteilt!»

Wir verfolgten den Flug des Bergfalken, der sich in thermischen Aufwinden in den Himmel schraubte; wann immer er über unseren Köpfen kreiste, war leise die über seine Schwingen streichende Luft zu hören, je nach Kurvenlage, je nach Anstellwinkel der Außenflügel ein stärker und schwächer werdendes Surren.

Es war offensichtlich, dass ich jetzt nichts mehr sagen durfte, am liebsten hätte ich mich lautlos auf Händen und Füßen entfernt und Jakob heimlich ein Mikrofon hinterlassen, das mir seine Wörter übertragen hätte, ein von ihm nicht bemerktes Selbstgespräch.

Er wandte den Blick von dem kleiner und leiser werdenden Falken ab, strich sich über die Stirn, spielte mit einzelnen Getreidehalmen, die zwischen seinen angewinkelten Beinen emporwuchsen, stach sich den Handrücken an einer Distel, schnellte mit dem ganzen Oberkörper zurück.

Er habe mit Dotto telefoniert, heute morgen, er wisse, dass ich Dottos Wohnung aufgesucht habe, nachts, nach meinem Besuch im Bismarckturm. «Es tut mir leid, dass du auf diese Weise von Karens Einzug erfahren hast.» Er begann, eine vertrocknete, graubraune Mohnkapsel vom Vorjahr zu öffnen, die er unter einer Schieferplatte hervorgezogen hatte. Er habe Dotto geweckt und der habe sich auch noch bedankt dafür, die Mohnsamen segelten in totaler Windstille nach unten. «Verdammt, ich will doch nicht werden wie der!» Er fegte sich die Mohnsamen von der Anzughose, obwohl sie auf dem schwarzen Stoff ohnehin nicht weiter auffielen, endlich sah er mich an. «Der hat doch niemanden, nicht einmal Kontakt zu seinem Sohn!»

Jakob war ein wenig in sich zusammengesackt, nutzlos standen die Schulterpolster seines Jacketts von seinem Rumpf ab, seine Augen waren geweitet und etwas rot, ich hielt den Anblick seiner kauernden Gestalt unter dem klaren Himmel kaum aus.

«Steh auf!»

Ich reichte ihm die Hand, er ließ sich hochziehen, und lief dann hinter mir her. Rechts von uns fiel der Hügelkamm in einem steilen Geröllhang ab, der Pfad, auf dem wir gingen, war breit genug, um festen Tritt zu haben, vor uns bildeten einige aus Schieferplatten aufgemauerte Steinstufen eine schmale Felstreppe, linker Hand tat sich die Felswand auf, die zum Balkon hinaufreichte, voll messingfarbener Frischluftflechten, ein Halteseil aus verdrillten Stahllitzen bot sicheren Griff.

Jakob war inzwischen einige Meter hinter mich zurückgefallen, er klammerte sich an das stählerne Halteseil, hielt sich auf der Talseite die flach ausgestreckte Hand wie eine Scheuklappe vor die Augen, den Kopf starr nach links gewandt.

«Einmal noch auf den Balkon», rief ich, «wie damals!»

Damals hatte er sich stets einen Spaß daraus gemacht, bis an die Kante eines überhängenden Felsmassivs zu treten und jodelnd mit den Armen zu rudern, bis ich ihn flehend zurückrief. Es war mir nicht neu, dass das Alter den Schwindel verstärkte oder wie in seinem Fall überhaupt erst hervorrief, manchmal stand der Altersschwindel am Anfang einer Demenz.

«Beeil dich, mein Zug geht um viertel nach sieben!»

Endlich quälte er sich weiter, Stufe um Stufe zu mir empor, eine Hand stets am Drahtseil, und wann immer eines der rostigen Haltewinkel den Lauf seiner Hand stoppte, löste er seine Finger erst dann, wenn er mit der anderen übergegriffen hatte, als hinge er schon über dem Abgrund, bei Sturm.

Den Balkon bildete ein Hochplateau von wenigen Quadratmetern Größe, auf dem wir gerne verbotene Lagerfeuer aus mitgebrachtem Reisig entzündet hatten, sobald auf den fernen Viertausendern das Alpenglühen einsetzte, ein steinernes Hochplateau, von dem man bei Hochdruckwetterlagen einen Rundumblick über das Alpenvorland, die Liechtensteiner Ebene und den See hatte, und zu dem man nur über die Schiefertreppe und anschließend über eine quer durch die Wand verlaufende Behelfsstiege Zugang fand.

Als ich am Ende der Treppe den ersten Schritt in die Wand setzte, an einer selbst für ein Krüppelholz kleinwüchsigen Kiefer vorbei, kam das leichte, von früheren Querungen bekannte Kitzeln auf, das von meinem Unterbauch in die Leiste und in die Brust strahlte, im Gegensatz zu eigentlichem Schwindel aber den Kopf klar beließ. Ich ging seitwärts, auf kaum ellenbreiter Stiege, den Rücken zum Tal. Der Geröllhang unter mir war nicht mehr sonderlich steil, die Stiege selbst keinesfalls rutschig, vom Alpenverein als Ausflugsroute markiert.

Wenn ich die Augen zukniff, wirkten die fernen, nebelverwaschenen Bergkuppen wie Wellenkämme in der Gischt eines windbewegten Sees, je ferner, desto diesiger, über mir saßen mehrere Bergfalken auf dem Balkon und säuberten sich gegenseitig im Nacken die Gefieder.

«Warte doch mal!»

Jakob hatte die Stelle erreicht, an der die Schiefertreppe in die schmale Wandstiege überging, hier hatte er einige fußbreit gesicherten Platz und den Abhang nicht direkt vor Augen, die kleine Kiefer bot ihm zusätzlichen, psychologischen Halt. Er stützte sich auf den Knien ab und ventilierte, deutlich hörbar bis zu mir herüber, sein Gesicht war ungewohnt weiß.

«Halt dich gut fest», sagte er.

«Wir haben keine Zeit mehr, nun komm –»

«Fall da nicht runter!»

Er schrie mich beinahe an.

Die Sonne schien kraftvoll, das Gestein unter und neben mir strahlte einen warmen Geruch ab, nach Kalk und Thymian und trockenem Sand. Es war kaum möglich, die Augen geöffnet zu halten, so grell reflektierte die Felswand das Licht, selbst Jakobs schwarze Locken schienen zu leuchten, neben dem Grün der Kiefer, deren Stamm er umfasst hielt.

Ich lief zu ihm zurück.

Er streckte eine Hand nach mir aus, so dass sein Jackett seitlich abstand und auf dem darunterliegenden Hemd einen Fleck entblößte. Nach wenigen Schritten war ich nah genug, um nach seiner Hand zu greifen, die nicht verschwitzt, die breit und warm und trocken war, wie ich sie kannte, er zog mich zu sich, schloss mich brüsk in den Arm, beruhigend klopfte ich ihm auf die Schulter.

«Start du mir nicht auch noch durch!» Seine Lippen berührten beinahe meine Ohrmuschel, ich streckte die Arme durch, um etwas Abstand zu gewinnen, er setzte umgehend einen Schritt nach, sein Körper war warm und auf einmal auch weich, ich stieß mit dem Rücken gegen die nadeligen Äste der Kiefer. Niemals dürfe jemand wieder *durchstarten*, ich nicht und sie nicht und keine andere, er habe es wenigstens leicht haben wollen, die letzten zwei Jahre, wenn schon nicht schön, in seinen Augen hatte sich Tränenflüssigkeit gesammelt, er drückte mich noch immer an sich, sein Kopf gegen meine Brust gelehnt, ich sah über seinen Lockenschopf hinweg auf den Rastplatz, an dem wir das Bier und die Müsliriegel ausgepackt hatten, hinter einem rundlichen Felsen stieß ein Horn hervor, schob ein Steinbock seinen dreieckigen Kopf hinterher, das Tier nahm bewegungslos Witterung auf, es ging noch immer kein Wind.

«Deswegen hakt auch dein Plan.» Er hatte den Arm noch immer um meine Schulter gelegt, nun aber mit abgewandtem Kopf, als spreche er mit dem Steinbock oder auch mit sich selbst. «Stell dir vor, ich bin fett, blass und kahl, und ausgerechnet dann kommt sie zurück. Da startet sie doch sofort wieder durch!» Seit zwei Jahren warte er auf den Tag, an dem sie wieder einschwebe, und nicht immer nur so eine rastlose Möwe. Er wies in Richtung des Sees, schwenkte seinen Zeigefinger auch an mir vorbei, ich beschloss, das Wort nicht auf mich, sondern auf Karen zu beziehen, deren derzeitige Wohnung sich einige Kilometer hinter mir in der von ihm angewiesenen Richtung befand.

Er sah wieder her. Seine Augen waren beinahe getrocknet. «Ich weiß zwar nicht, ob sie das was angeht, aber sag ihr auch das: Es ist alles ein Spiel geblieben.» Er beobachtete den Steinbock, der bewegungslos aus seiner Felsnische hervorsah wie in das Relief gemalt, seine Hörner waren gedreht, erinnerten mich an Dottos Schraubenziegen.

«Sag ihr das!»

«Lass uns gehen, bitte.»

«Warte –»

Er wischte sich über die Augen, auf den Innenseiten seiner Jackettärmel zog sich links und rechts ein kleiner, feuchter Streifen über den feinen Stoff, die Kiefer hinter mir roch harzig, die Sonne knallte mir dumpf auf den Hinterkopf, ich wies in Richtung der Schiefertreppe, wenn er so weitermachte, verpasste ich noch meinen Zug.

«Diese neue Nummer – hast du die denn?»

Ich nickte.

Er lächelte mich an, er wirkte wie ein Abhängiger, dem man soeben neuen Stoff versprochen hat, er straffte sein Hemd, strich sich die Haare glatt, die sich sofort wieder kringelten, dann schritt er ziemlich wacker die Schieferplatten hinab, sicherte sich nicht mehr durchgehend am Seil. Am Ende der Treppe, wo der Pfad wieder breiter wurde, pumpte er seinen Brustkorb auf, ich sah von hinten, wie sich seine Schultern hoben, er wolle noch ein Feierabendbier trinken, Frischluft und Bergwelt genießen, vor der Abfahrt ein wenig mit mir plaudern, ich schloss zu ihm auf, zog ihn voran.

«Gefällt's dir hier nicht?»

«Nun komm schon!»

Ich lief an ihm vorbei.

Nach einigen Metern ließ er sich seufzend auf unserem vorigen Rastplatz nieder. «Alma? Alma! Ich hab schlechten Empfang. Ich bin hier auf tausendvierhundert Metern. Warte, ich steh mal auf. Alma? Jetzt?»

Ich blieb stehen.

Zehn Minuten später telefonierte er noch immer, es war schon nach fünf. Auf einem Hügelkamm unter mir näherte sich das Postauto, inzwischen auf seinem Weg zurück ins Tal.

Ich musste endlich Schnaps, nicht nur Rotwein trinken und meine Reisehemden in letzter Sekunde in den Rucksack knüllen und nicht mehr am Vortag richten, ich musste über Absperrungen klettern und Drogen nehmen, Einstiegsdrogen und harte Drogen und Szenedrogen, ich musste Alma nach Berlin mitnehmen, andere Mädchen auf der Straße ansprechen und sobald sie mit mir schliefen, sofort betrügen, ich musste unliebsame Handyanrufe kurzerhand wegdrücken und immer nur dann telefonieren, wenn ein anderer auf mich wartete, in Berlin musste ich das Polierverbot einführen und den teuersten Ziegenfrischkäse im Warmen verkommen lassen und meine Internetflatrate kündigen, nachts musste ich feiern, nicht schlafen, und schräge Musik hören und die Freunde, die mir am wichtigsten waren, verspotten.

«Ja, genau, am Abend!»

Ich drehte mich einfach um. Über Geröll und an Felsen vorbei stieg ich einige Meter ab, nach der nächsten Wegbiegung begann ich zu rennen. Das Postauto kurvte bereits um einen nahen Steilfelsen, noch etliche Höhenmeter unter mir. Das Gefälle war stark, die Anziehungskraft der Erde fuhr mir hart in die Knie, mehrmals rutschte ich aus.

Endlich erreichte ich den Citroën, nahm meinen Rucksack aus dem Kofferraum und die Kunstzeitschrift vom Armaturenbrett. *Null eins sechs eins*, schrieb ich quer über den siegreichen und echtzeitprogrammierten Blechpailletenroboter, *vier eins sieben dreihundert.* Auf dem Editorial, das alle beim Rennen unterlegenen Roboter in Passfotogröße zeigte, ergänzte ich: *Nächstes Mal in Berlin!*

Die Beifahrertür fiel mit einem oldtimerhellen Schlag ins Schloss. Wenn ich gleich nach Zürich und nicht mehr an den See zurückfuhr, würde ich sogar noch Zeit gewinnen. Das Postauto setzte den Blinker, ich überquerte die Straße und stieg ein. Hinter dem Heckfenster wurde der Citroën kleiner und kleiner. Oben auf dem Felsvorsprung glaubte ich, meinen Vater Jakob winken zu sehen, wahrscheinlich suchte er nur besseren Empfang.

Das Postauto beschleunigte.

Ich atmete durch.

Der Autor dankt dem Literaturbüro Lüneburg, dem Deutschen Literaturfonds Darmstadt sowie dem Literarischen Colloquium Berlin für die Unterstützung der Arbeit an diesem Buch.